森の王　灰色熊《グリズリー》リーズ

二《に》郷《ごう》半《はん》二《じ》

目次

序章　チェルノブイリの森

息をのむような鮮《あざ》やかな蒼穹《そうきゅう》（青空）。その青い色が、雲一つない地平線の果《は》てまでも、見わたすかぎりに広がっている。

きびしい冬を乗りこえてきた生き物たちだけに与えられる喜びの息吹《いぶき》、春風にのって森のあちらこちらからささめいてくる。

長くつらい冬に閉ざされた北の大地ロシアにも、ようやくもどってきた春のほほ笑み。

白い陽《ひ》の光が、まだ浅い緑の葉の上でまぶしくはじけ踊っている。生きとし生けるものたちの待ち焦《こ》がれた春の訪《おとず》れ。

日々樹陰《じゅいん》は濃《こ》くなり、鮮《あざ》やかに彩《いろど》られた花々の咲きみだれる四月の終わり。

畑をたがやしている農夫の顔にもはつらつとした生気がみなぎり、首に巻いたタオルを手にとり、笑みを浮かべた顔からしたたり落ちる汗をふいている。

いつもと変わらない景色《けしき》の中で、のどかな時間がこの地にはゆっくりと流れている。

今日もはるかに高い空を、

（ピィー……、ヒョロロー……）

と鳴きながら、トンビが円を描《えが》くように舞っている。

その景色《けしき》は居間の古時計が正確に時を刻《きざ》むように、いつもの春を迎える人々に与えられた何気《なにげ》ない日々の明け暮れ。

人々はそうして春を迎え、また送っていった。それは覚えているかぎりの昔から流れていた時間であり、見わたせるかぎりの未来に向けて流れていくはずの時間。

時が去来《きょらい》する朝の光の中で人は生まれ、暖かい日の中で愛する人と結《むす》ばれ、そして静かな夕闇《ゆうやみ》の中で土に還《かえ》っていく。

谷間に響《ひび》く三つの鐘《かね》の音《ね》、それは平和の証《あかし》。それを心で聞きながら、

（そう、悪い人生じゃぁなかった………）

と、皺《しわ》深い顔で生きてきた時をふり返り、家族に看取《みと》られておだやかに旅立《たびだ》つ。

それがこの土地とともに昔から暮らしてきたふつうの人々の生きかた。

この平々凡々《へいへいぼんぼん》とした幸せは、子や孫に引き継《つ》がれ永遠につづくもの、それを誰もが疑わずに生きていた。

あの日みんなが寝静まった深夜、下腹《したばら》に響《ひび》くような重低音の爆発音がこの土地に住む人々の耳に届くまでは……。

その日の爆発について、ある文献《ぶんけん》はこう記録している、

「千九百八十六年四月二十六日未明、チェルノブイリ四号機が爆発した。〝人類の歴史上もっとも深刻な環境破壊《かんきょうはかい》〟と国連が呼ぶ悲劇の始まりだった」

これが広島や長崎に投下された原爆《げんばく》の百倍以上の威力《いりょく》を持つ、放射性物質《ほうしゃせいぶっしつ》がチェルノブイリ原子力発電所から放出された瞬間《しゅんかん》だった。

そしてこの瞬間《しゅんかん》に、この土地に暮らしてきた人々の心から、谷間に響《ひび》く三つの鐘《かね》の音《ね》が永遠《えいえん》の彼方《かなた》へと消え去った。

はつらつとした生気は失われ笑みは去り、覚えていられないほどに長い間、人々に受けつがれ、この地に根を張ってきた希望の芽吹《めぶ》きは、あの爆風《ばくふう》に散りじりに吹き飛ばされ、もう二度と、もどってくることはない。

この日を境《さかい》に平凡な幸せに満たされていたチェルノブイリは地獄絵図《じごくえず》と化す。

すでに発生してから三十五年を経過した今でも、かつては自然の恵みに抱《いだ》かれ、小さな幸せに包まれていた無垢《むく》な多くの人々が、未《いま》だに痛みに、苦しみに、そして放射能後遺症《ほうしゃのうこういしょう》との絶望的《ぜつぼうてき》な闘《たたか》いに喘《あえ》いでいる。

三千二百平方キロメートルという広大な周辺地域が重度の放射能被害《ほうしゃのうひがい》を受けている。約三十万人の人々が深刻な放射能の影響を避けるために、強制避難《きょうせいひなん》を余儀《よぎ》なくされた。

因《ちな》みにこの面積は東京都の約一・五倍（東京都の総面積は二千百八十八平方キロメートル）の広さに当たる。

さらにこの周辺地域は今後二万年は移住不可とされた。

この気の遠くなるような期間が移住不可とされれば、この地域に人の手が入ることは、もう未来永劫《えいごう》にない。

事故は起こしてはいけないもの。誰にでもわかる簡単なこと。でもその中でも、決して起こしてはいけない、取り返しのつかない事故がある。

それが原子力発電事故。

事故が起これば、その周辺地域はほとんどの場合、永久または半永久的に使用不可になり、人の心と体に負った傷は一生癒《い》えることがない。

その痛みに呻吟《しんぎん》するのは傷を負って生きていく当人だけじゃない、遺伝的《いでんてき》な悪影響は子や孫の未来の世代《せだい》にも引き継がれ、彼らもまた同様に苦しむことになる。

その原発事故を世界各地でくりかえす人間と呼ばれる生命体が、今後二万年の間、種《しゅ》を存続《そんぞく》できるはずもない。結果、チェルノブイリ周辺地域は人類禁断《じんるいきんだん》の地になる。

それが論理的《ろんりてき》な帰結《きけつ》……、アラン・ロスはそう考えている。

アラン・ロスは腕のいい内科医。正確に言えば、十年前まではそうだった。さらに経営手腕《しゅわん》にも長《た》けていた。

父親からゆずり受けたカナダ最大の都市、トロントにある大きな総合病院を、さらに成長させ十年前、五十二という年齢を迎えたときには、五指に余る総合病院を有力都市に展開させていた。

それは彼の、金と名誉に包《つつ》まれた絶頂期《ぜっちょうき》ともいうべき時期。だが世の中、いい時はそう長くはつづかない。それが世間《せけん》の通り相場。

人生という長い道程《どうてい》でも、

「一寸先は闇《やみ》……」

という諺《ことわざ》がある。アランは事務所の清掃《せいそう》をしていたある掃除婦《そうじふ》に出遭《あ》ったことで、その闇《やみ》をのぞき込むことになった。

別にアランが、また掃除婦《そうじふ》がなにか特別なことをしたわけじゃない。人生ではたまさか、きっかけ、という得体《えたい》のしれないものに出遭《あ》うことがある。

下手《へた》をするとそのきっかけは、それまでの人生とは真逆《まぎゃく》の人生に、人を誘い込むこともある。それは人を不幸にしたり、時には幸せにもする。

アランが出遭《あ》ったのは、そういうきっかけの一つ。

掃除婦との出遭《あ》いで生まれたそのきっかけは、アランに人の心の闇をのぞかせた、それも自分の心の深い闇を。

そこには、堪《た》え難《がた》いほどに醜悪《しゅうあく》な己《おのれ》の姿がひっそりとうずくまっていた。

その醜《みにく》い姿は他人への強い不信感へとつながり、その後すべてを放《ほう》り出して、彼はロッキー山脈の森の奥に移り住んだ。それほどに、その時に見た己《おのれ》の姿は衝撃的《しょうげきてき》だった。

そういうアランでも、若い頃は医師の道に対して燃えるような情熱と、大きな使命感を抱《かか》えて生きていた。

チェルノブイリの原発事故《げんぱつじこ》当時、アランは二十代半《なか》ば。この原発事故《げんぱつじこ》には並々ならぬ関心をいだき情報を集めていた。

これほどの放射能汚染《おせん》は、広島、長崎に原爆が落とされて以来初めてのこと。彼の専門の内科にとっては、この原発事故は研究課題の宝庫になっていた。

事故に関するほとんどの研究書、報告書の類《たぐい》を読みあさった。

その動機の底流には、多くの放射能後遺症《こういしょう》に苦しむ人たちを救いたい、という医師としてのアランの「仁《じん》」の心が宿《やど》っていた。

チェルノブイリの森を自分の足で歩き、放射能汚染《おせん》の被害者の治療《ちりょう》にも関わったこともある。それに加えて、深刻な放射能被害を被《こうむ》った地域の調査を、自分自身でするほどの力の入れようで研究した。

が、そういう「仁《じん》」の心を持った研究心は、病院経営に力を入れ利益が上がれば上がるほどに薄れてきた。

金は人を堕落《だらく》させる……、と聞いていた。アランも当然そのことは理解していた。理解はしていても、大きな利益が実際に懐《ふところ》に入ってくるようになれば、その生き方を修正するなどとは考えもしなくなった。

金はそれほどに人を惹《ひ》きつける甘美《かんび》なものだった。

大きな金が手に入ると様々《さまざま》な誘惑《ゆうわく》が忍び寄ってくる。アランにも経験したことのない面《おも》白《しろ》い世界が見えてきた、それは想像《そうぞう》もできなかった刺激的《しげきてき》な世界。

そういう世界で楽しく生きていると、必ず周囲から批判的《ひはんてき》な声が聞こえてくる。そんな声に対してアランは無性《むしょう》に腹を立てるようになった。

自分で稼《かせ》いだ金だ、どう使おうが余計《よけい》なお世話だ。腹立ちまぎれに、

「金も持たない貧乏人《びんぼうにん》がなにを言うか……、悔《くや》しければ自分で金を稼《かせ》いでみろ……」

アランは小声でそう、周囲の輩《やから》に毒《どく》づいていた。

それが人間だ。人間というものは、そういう生き物なんだ……、アランは本気でそう思い始めた。そう考えることで欺瞞《ぎまん》に満ちた生き方を正当化していた。

さらに金という力ができれば、すべては自分を中心に回るようになる。そして利益は雪

だるまのようにふくれ上がってくる。巨額《きょがく》の利益は組織《そしき》の拡大《かくだい》をまねき、権力を生む。そのことで周囲の自分を見る目がまた一段と変わってくる。

多くの人間が金の前にはひざまずき、自分の思い通りに世の中は動いていく。そういう世間《せけん》の姿はごく自然なことだと、アランの目には映《うつ》るようになってくる。

二十年以上にもわたる病院経営者としての成功体験が、アランの中に驕《おご》りを生みその傲《ごう》慢《まん》な思いを確信に変えていた。

上流社会の頂点にまでのぼりつめた男、アラン・ロス。長年《ながねん》の勝《か》ち組《ぐみ》と呼ばれる上流社会で培《つちか》われた自尊心《じそんしん》。

その生きざまが、たった一人の掃除婦とのごく短い出遭《あ》いで微塵《みじん》に砕《くだ》け散《ち》る、まさかそんなことが起きようとは夢想《むそう》だにしなかった。

今年六十二の坂を迎えたアランは、ロッキー山脈の森の奥で、ジジという名の十二歳になる女の子と、捨てられていた猫と犬の四人で暮らしている。

人と付き合うのに煩《わずら》わしさしか感じなくなったアランには、自然の中での暮らしは、

「まあー、こんなもんだろう……」

と思いながらの生活。多くを望まなくなったアランには、この生活にとりたてて不満はない。森が生活の中心になった。

森という実相《じっそう》が見えてくると、「目から鱗《うろこ》が落ちる」の例《たと》えのように、今まで見てきた物が違って見えてきた。

リスのような森の小動物は、手を差し出すとアランとジジには寄ってくるようになった。自然に優しく寄り添うと、自然はほほ笑みを返してくれる。

その自然の姿は、医師の仕事と病院経営に明け暮れていた頃のアランには、影も形もないものだった。

ある日ジジと二人で、西の山の端《は》に朱鷺《とき》色に輝く夕日が沈むのを見ていた時のこと。ジジは黙って涙を流していた。それに気づいたアランは、自分もまたそういう状態になっていた、ということに、驚《おどろ》きをもって気づかされた。

それほどまでに深く人の心を震《ふる》わせる、荘厳《そうごん》で美しい森の夕暮れ時だった。

森は優しく接すれば優しく返し、乱暴に接すれば、層倍《そうばい》の返礼が必ずやってくる、それがこの五年の間、森で暮らし森から教わったこと。

森の小動物は、メス猫のキャシーと大型犬ラブラドル・レトリバーのオス犬、フレッドがいる時には隠れている。

この二匹がいなくなれば、どこからともなく餌《えさ》をねだりに現れる。森は教えてくれた、どんな動物でも豊かな感情にあふれていると。

無関心《むかんしん》は心を盲目《もうもく》にする。かつての自分がそうだった。心が盲目《もうもく》になれば、他の生き物たちの感情も見えなくなる。

二週間に一度ほどは日用品や食料を買うために山を下りる。

中古で安く買った、幌《ほろ》付きの中型トラックで麓《ふもと》の町まで買い出しに行ったアランは、購入した新聞の中に、久しぶりにチェルノブイリの記事を見つけていた。

チェルノブイリの事故のことは、薄《うす》ら闇《やみ》の世界にほんのわずかばかり残っていた。それはいつしか、遠い、記憶でさえ手の届かない遥《はる》かに遠い世界の出来事として、アランの心の中では風化《ふうか》していた。だがその記事は原発事故の記事じゃなかった。

「野生の楽園」

という記事が目に飛び込んでくる。

アランの表情がいぶかしいものに変わった。

事故から三十五年経っている。周辺地域は二万年の間、移住不可とされている。特別な人間以外は立ち入ることのできない世界。

人間の手が入らないのだ。当然冷たい風がビョービョー……、と吹きすさぶ荒れ果てた死の荒野《こうや》が残るだけ、それがアランのイメージしていたチェルノブイリの世界。

だが記事は、アランの驚愕《きょうがく》するような事態《じたい》がチェルノブイリ周辺には生じている、と伝えている。

アランは新聞を読み進んでいく。さらに驚愕《きょうがく》するような記事がつづく。事故後十年目ぐらいから森が再生の兆《きざ》しを見せはじめた……、というのだ。

そこまで読んだアランに、不意に湧き上がってきた感覚があった。

この原発事故は、人間にとっては国連が声明を出したように、

「人類の歴史上、最も深刻な環境破壊……」

だったのかもしれない。

が、抑圧《よくあつ》されてきた、人間の頸木《くびき》から解放された自然が、人間にとっては最悪の原発事故により本来の姿を見せはじめたのではないか……、それが記事を読みはじめて、徐々《じょじょ》にアランに湧き上がってきた感覚だった。

読み進めると、モウコノウマ（現存する唯一の野生馬とされる）の記事が目に入った。

善意の人の一部が森の再生に気づき、絶滅危惧種《ぜつめつきぐしゅ》に指定されている野生のモウコノウマを守るために、チェルノブイリの森に放つことを試みた。

放たれて十年、絶滅危惧種《ぜつめつきぐしゅ》のモウコノウマはその数を五倍に増やしている。

研究者がそのモウコノウマを調べたところ、放射能の影響はまったく見られていない。

一般的に野生の生き物は放射能に対する耐性《たいせい》が高いとされている。モウコノウマはこの

ケースに当てはまるのだろう。

他の地域に比べて、チェルノブイリ周辺に生息《せいそく》する生き物の数は、約七倍ほどと報告され、チェルノブイリの森には狼ももどったとの報告もある。

狼もまたこの森の中で数を増やしている。

森の食物連鎖《しょくもつれんさ》の頂点に立つ狼が数を増やしていることは、チェルノブイリの森では、草食動物が増え、豊かな動植物の野生が営まれていることの証明。

これが人の手を離れた自然の生態《せいたい》。

二万年の間、この地域は移住不可《いじゅうふか》とされている。であれば、この生態系《せいたいけい》は永久的に守られることになる。

人の住めなくなったチェルノブイリで暮らす生き物と、人の管理下で生きざるを得ない生き物とでは、どちらが彼らにとって幸せなのか……？


記事を読み終えたアランの気持ちは複雑にゆれ動いていた。

心の闇《やみ》をのぞき込んだ自分がこの山奥にきたという理由に、この記事の内容が関係しているような気が、フッとしてきたからだ。

国連が「人類史上最悪の環境破壊」と呼んだ姿が、今「野生の楽園」と化している。

二つの異《こと》なった言葉の間にあるこの乖離《かいり》の大きさはなんなのだ……?チェルノブイリ原発事故の底流にはなにがあるんだ……?

この二つの問いに対して複雑にゆれ動いていたアランの胸中に、薄《うす》ぼんやりと浮かび上がってきた感覚があった。

だがアランはその感覚を即座《そくざ》に否定した。

否定しなければ、人間という種《しゅ》があまりにも利己的《りこてき》で、劣悪《れつあく》な種《しゅ》であるように感じたからだ。アランはその問いを、とりあえず棚上《たなあ》げにした。

そのまま読みつづけていくと記事の終わりに、チェルノブイリが紹介されていたテレビ番組のタイトル名が目に飛び込んでくる。

その瞬間、アランは心臓に細い錐《きり》がもみ込まれたような鋭い痛みを感じた。

チェルノブイリの現状を克明《こくめい》に記録したテレビ局の番組タイトルは、

「人類滅亡後《じんるいめつぼうご》の世界」

これでも元は医師という科学者の端《はし》くれだ。強欲《ごうよく》な人間のやり方を見ていると、滅亡しても仕方がないのだろう……と、頭の中で何度かその世界を想像したことはある。

が、実際の番組のタイトル名として目にすることと、頭の中の世界とはまったくの別物。現実の迫力をもってそのタイトル名がアランに迫ってくる。

アランのどこかで科学者としてのその思いが、まだ脈々《みゃくみゃく》と生きつづけているからだ。だがいっぽうでは、決してそうなってはいけない。そうなっては困る……という心の叫びも生じている。

身近な人々が、次々に死んでいく姿を実際に見ることになれば、その状況にどうすれば耐えられるのか？その答えが見つからない。

答えが見つかるはずがなかった、自分たちの日常の行いが間接的にその死に加担《かたん》しているのだ。それにうすうすアランは気づかされている。

これも森の奥で暮らすようになって得られた感覚だ。森にただよう色々なものが、今アランに教えを施《ほどこ》している。

記事を読み終えたアランには、名状《めいじょう》しがたい不安な感覚をともなった澱《おり》が、心の底に沈殿《ちんでん》していた。異常な事象がこの森でも増えている。

世界各地で史上最大と称される森林火災が頻発《ひんぱつ》している。今までとは異《こと》なるなにかが我々の前に姿を現そうとしている、それをアランは森の生活を通して肌で感じている。

住んでいるこの辺《あた》りでは、まだ新聞記事になるような大きな異常気象は起きていない。が、以前から小さい異常には沢山気づいている。

日照《ひで》りや豪雨、雪が多く降《ふ》らない異常渇水《かっすい》の年もある。また気温の上昇が顕著《けんちょ》になっている……、それらの異常気象にともなう、乾燥化《かんそうか》、草木の発育不全、生態系の変化、などなど。簡単に思いつくだけでも、五指に余る異常な事態は口に出せる。

小さな異常は昔からあったそうだ。が、最近の異常気象は、そのサイクルが早すぎる、その大きさが違いすぎる。

それら異常の、最大の原因とされる気温の上昇（高温化）は、世界のどの気象《きしょう》データを見ても、間違いなく右肩上がり。そしてその上昇速度は加速している。

有効的な手が打たれていない現状では、この深刻な状況が好転する可能性はゼロ。年を追うごとに悪化し、人々の塗炭《とたん》の苦しみは、さらに悪い方向に継続されていく。

いつ途轍《とてつ》もなく大きな災害に、この地球の高温化がつながっていくのか予測がつかない。

そう考えるアランの心に、未消化のままポツンと残された感覚は、

（野生がよみがえるには、このテレビ番組のタイトルのように、人類の滅亡を待つしかないのだろうか……?もしそうなら、あまりにも、あまりにもさびしすぎる……）

という漠然《ばくぜん》とした不安だった。


アランは思わず目を凝《こ》らして読んでいた新聞をテーブルに置くと、気を取り直して、

「昨日《きのう》の場所に行ってみるか……」

と小さく声に出してつぶやいた。

水や医療用品《いりょうようひん》の入ったキャンバス地の小さめのリュックを背負《せお》うと山小屋を出た。必要最小限の医療用品《いりょうようひん》は常にリュックの中に入れている。

急な山の斜面《しゃめん》を滑《すべ》り落ちたり、落雷に打たれた木のささくれで足を傷つけたり、また山道で崖《がけ》から落ち骨折した猟師に出遭《あ》ったこともある。

どこで手当てが必要になるか分からない。これがアランの森の生活、そして森で暮らす知恵になっていた。

ジジとキャシー、フレッドは野イチゴを摘《つ》みに森へ入っている。最近キャシーとフレッドは、ジジの行くところにはどこへでもついていく。

それは昨日《きのう》のことだった、アランの記憶に終生刻《しゅうせいきざ》み込まれることになる、そのグリズリー（灰色熊）に出遭《あ》ったのは。

ジジと一緒に薬草を探しに森の中を歩いていた。最近中国からの薬草に関した輸入本を入手した、薬草に興味を持ち研究していたのだ。

森の中でジジとはぐれて、探《さが》していたアランの目に飛び込んできたのは、横たわったままのグリズリー（灰色熊）の頭をやさしくなでているジジの姿。

「肝《きも》をつぶす」、という表現はあの時のアランの状態をいうのだろう。驚愕《きょうがく》の目でジジを見

ると、恐《おそ》るおそる近づき、

「ジジ、こっちにおいで。静かにグリズリーを刺激《しげき》しないように、こっちにおいで……」

そうささやくように声をかける。グリズリーが眼を開けた。

鋭い眼でアランを睨《にら》んでいる。アランがジジに向かって手招きすると、低いうなり声を発した。アランは手招きをやめるとしばらく動きを止めた。

ジジがやさしくグリズリーの頭をなでる。グリズリーは眼を閉じた。その間にアランはグリズリーの体全体を詳しく観察していた。

後ろの右足が血にまみれている。なにかの拍子《ひょうし》に尖《とが》った木の枝を足で踏みぬいたのかもしれない。まだその一部が刺さったままだ。そこから雑菌《ざっきん》が侵入したのだろう。化膿《かのう》した患部《かんぶ》がかなりはれ上がっている。

よく観察すると、もう何日もこの状態のようだ。

この足の状態では立ち上がることもできない。これでは患部《かんぶ》を少し触《さわ》られただけでも、飛び上がるほどの激痛《げきつう》を感じるはずだ。

眼を閉じてからグリズリーは、アランへの警戒心を捨てたようだ。

ジジは不思議な少女だった。森で生きていたノラ猫のキャシーとノラ犬のフレッドとの最初の出会いも、奇妙《きみょう》なものだった。

猫のキャシーは初めは警戒したようだったが、結局はジジについてきた。フレッドにいたっては、キャシーに会うなり、なんの警戒もせずに尻尾《しっぽ》を振ってついてきたようだ。そのままに、この二匹の奇妙な招かれざる客は、当たり前のような顔をして山小屋の同居人《どうきょにん》として居ついてしまった。

このグリズリーも、ジジにはなにかを感じるものがあるのかもしれない。これもなにかの縁《えん》だ……、そう思ったアランは思い切って恐怖心《きょうふしん》を捨《す》て、このグリズリーを助けるつもりになっていた。

ゆっくりとグリズリーに近づいていく。グリズリーは、やさしく頭をなでているジジの手の動きにすべてを任せているようだ。

まず局所麻酔《きょくしょますい》をして、尖《とが》った木の枝を抜き、消毒して傷口を切開し治療をほどこす。多少の刺激は感じたはずだが、グリズリーは眼を閉じたままもう動かない。

こんな簡単な外科手術《げかしゅじゅつ》なら多少の心得《こころえ》があれば難しくはない。リュックの中の医療用品が、まさかグリズリーの命を救うために役立つとは思いもしなかった。

小一時間で治療を済ませたアランは急に暗くなってきた空を見上げた。

厚い雨雲が近づいてきている。大雨に打たれると、体力を消耗《しょうもう》しきった、このグリズリーの状態であれば命にかかわる。

「キャンプ用のテントをとりに行こう……」

グリズリーを雨から守るためにそうジジに話すと、

「一人でとりに行って、アラン。わたし、ここで待ってるから……」

と言うジジに、

「一人でお前を置いちゃいけないよ、一緒にくるんだ……」

そのアランの言葉に、ジジはアランの後ろを見ながら、

「一人じゃないもん、キャシーとフレッドが一緒だもんね……」

その返事に、アランが後ろを見ると、いつの間にきたのか、キャシーとフレッドが行儀《ぎょうぎ》よく腰を落として座っていた。

（夏場の今の時期なら危険はないか……）

そうつぶやくと、苦笑を浮かべながらアランは山小屋へともどった。獲物《えもの》が豊富な夏場のこの時期、狼などの他の肉食動物がジジたちを襲《おそ》うことは、まず考えられない。

テントをかついで再び現《あらわ》れたアランの見た光景は、なんとも奇妙な光景だった。小さな女の子と、猫と犬が心配そうに横たわった巨大なグリズリーを見守っている。

雨はまだ落ちてきていない。降《ふ》ってきても、動けないグリズリーが濡《ぬ》れないようにと、アランは気を配《くば》りテントを張る。

その作業中、眠りから覚《さ》めたグリズリーとアランの目があった。不思議なことに、もうグリズリーがアランを見てもうなることはなかった。助けられたということを、野生の感覚で悟《さと》ったのかもしれない。

野生の生き物が持つ敵、味方を見分ける識別能力《しきべつのうりょく》には人の想像をこえた鋭さがある。その能力が自分の生死に深く関わるからだ。

しばらく食べていないだろうグリズリーの顔の前に、家から持ってきた大きな鶏肉《とり》の二《ふた》塊《かたまり》を置くと、テントを張り終えたアランはジジと手をつなぎ家路《いえじ》についた。

じきに大きな雨粒《あまつぶ》が落ちてくる。キャシーは急ぎ足で歩くジジの肩の上に乗り、フレッドは二人の前になり後ろになりして、駆けまわりながらついていく。

グリズリーは四日前に傷を負っていた。

二日ほどはまだ歩けた。が、やがて痛みは、怪我《けが》をした右足が地面に触《ふ》れれば、脳天《のうてん》に突《つ》き上げてくるような激痛《げきつう》に変わった。昨日《きのう》からは立っていられなくなった。歩けなくなるほどの傷を負《お》えば、この世界ではもう死を待つだけになる。

別に死ぬのは怖《こわ》くない。この激痛《げきつう》から逃げられるのなら、死ぬのもそう悪くはない……。

グリズリーはそう思いながら、その時を静かに待っていた。

どこからか、二本足で歩く小さな生き物が現《あらわ》れた。悲しそうな目をして近づいてくる。怖《こわ》がる様子《ようす》はまったくない。頭のそばにぺたりと座り込むと、小さな手で頭をなでてくれた。痛みが遠のくような心地《ここち》よさがあった。

やがて今度《こんど》は、滑稽《こっけい》なほどに怖《こわ》がる様子《ようす》の、二本足の大きな生き物が現《あらわ》れた。怪我《けが》をした右足になにかをしている。しばらくすると、あの激痛《げきつう》が姿を消していた。

遠《とお》くに消えかかっていた命の灯《ひ》がまたもどってきた。

グリズリーは去っていくその四つの後ろ姿を、見えなくなるまでじっと眼で追っていた。

第一章　きっかけ

トロントはカナダ南部に位置するオンタリオ州の州都で同国最大の都市。

人口は約二百七十万人。北米屈指《くっし》の世界都市であり、商業、金融《きんゆう》の中心地。犯罪発生率も低く街《まち》は清潔《せいけつ》で生活水準も高い。

二千十九年には世界の主要都市で、六番目に安全だと評価され、きわめて暮らしやすい環境をそなえている近代都市。

気候は夏場は湿度が高く、気温も摂氏《せっし》三十度をこえることもあるが、そういう日は長くつづかず、最高平均気温は二十七度前後。

冬場に関しては、最低平均気温はマイナス五度―十度前後で推移し、最低気温はマイナス三十度を下回ることもある。

カナダでは南部に位置し、オンタリオ湖に接していることから、トロントの気候はカナダの中では比較的温暖で、亜寒帯湿潤気候《あかんたいしつじゅんきこう》に分類されている。


その日アラン・ロスは居残《いのこ》りをしていた。

病院は二十万人に一人しか発症《はっしょう》しないという難病《なんびょう》の患者《かんじゃ》を抱《かか》えている。患者の治療《ちりょう》および手術《しゅじゅつ》の方針《ほうしん》について担当医二人、総看護師長《そうかんごしちょう》を含めた四人での会議が大幅《おおはば》にのびていた。

こういう難病を完治《かんち》させると病院の名声がさらに上がる。病院経営のさらなる拡大《かくだい》を図《はか》っているアランには、ぜひとも成功させたい手術。

手術に成功すれば、マスコミが宣伝広告費《せんでんこうこくひ》なしに大々的《だいだいてき》に宣伝してくれる。広告費なしの宣伝には第三者の認めた「実績《じっせき》」という裏付《うらづ》けができることになる。

この宣伝にまさる宣伝はない。だからなんとしてでもこの手術には成功する必要があった、さらなる病院経営拡大のためにも。

総看護師長のキャシーが、遅くなると判断して、夜食用にボリュームのあるクラブサンドイッチを、二軒隣の高級レストランから四人分取り寄せていた。

アランを除いた三人は、サンドイッチを頬張《ほおば》りながらの打ち合わせになっている。

この会議の後にも、彼らにはまだ仕事が残っている。行儀《ぎょうぎ》は悪いが仕事優先《しごとゆうせん》だ。食べながらの会議をアランも認めていた。

アランは会議が終われば、友人宅での金曜日夜恒例《こうれい》のポーカー（トランプゲームの一種）に行く予定だ。食事は友人宅に用意されている。

予定を二時間近くもこえて会議は終わった。

アランは最上階の院長室にもどると、体を投げ出すようにして、牛革製《ぎゅうかわせい》の大きなソファーに身を沈めた。

治療、手術方針についての見通しはついたし、完治《かんち》の確率《かくりつ》もかなり高いことが分かった。会議の結果はアランの満足できるもの。

それにもかかわらず、アランは鉛《なまり》の板を全身に張り付けられたような、重く体全体にのしかかってくるような疲労感《ひろうかん》に襲《おそ》われている。

（この五年間、気の安まる時がなかったような気がする……）

アランはフッと、そう声に出さずにつぶやいた。

最近、こういうつぶやきが多くなった。が、院長室を一歩出れば、そこには目くるめくような世界が待っている。

病院経営は順風《じゅんぷう》にのっており、利益も右肩上がりに拡大している。人々は尊敬《そんけい》と羨望《せんぼう》の混じり合った目でアランを見つめてくる。

色々な雑誌でも取り上げられるようになってきた、将来さらに有望な病院経営者として。

この状況に、アラン・ロスにはなんの不満もない。

が、院長室に一人でいると、訳《わけ》の分からない疲労感《ひろうかん》に襲われる。医師である自分にもその確《かく》たる原因は分からない。

分からないことを考えても時間の無駄《むだ》、それがアランの考え方。だからそんな時は院長室を出ることにしている。出てしまえば、つまらないことで自分と対話をすることもない。

金は使いきれないほどに稼《かせ》いできた。それを使えば、疲労感《ひろうかん》など感じられない面白い世界が現れる……、そうして今まで、この感情を制御《せいぎょ》してきた。

いつものようにアランは、白衣《はくい》を脱《ぬ》ぐとイタリー製のキャメル（ラクダ色）のブレザーコートに着かえ、机の引き出しから一万ドル（約百万円）入りの封筒を取り出すと、内ポケットにねじ込んだ。

今夜のポーカーの軍資金《ぐんしきん》だ。先週は負けが込んだ。今夜は、できればこの元手《もとで》の二倍か三倍にはするつもりでいる。

アランは、急に小腹《こばら》がすいていることに気がついた。

友人宅でガツガツ食べるのも見栄《みば》えが悪い、と思ったアランはスタッフルームへと向かった。キャシーが用意した夜食用のクラブサンドイッチのことを思い出したからだ。

スタッフルームには灯《あか》りがついていた。掃除婦《そうじふ》が一人で掃除をしている。

掃除する手を止めた彼女は、さも驚いたような目でアランを見ると、

「院長先生、まだいらしたんですか……、午後八時を過ぎていますので、この階の方は皆

さんお帰りになったと思っていました……」

そうマスク越しに小声で話しかけてきた。

「いやぁ、今日は会議が長引《ながび》いてね……」

そう答えながら、テーブルの上を見るとサンドイッチの紙袋がない。作業用の帽子をかぶった掃除婦は、何気《なにげ》ない目でアランの視線を追っていた。

アランはコーヒーメーカーからコーヒーを注ぐと、

「それじゃ、後《あと》をよろしくたのみますよ……」

と言い残し、院長室へともどっていった。

（コーヒー一杯でも、なにも腹に入れないよりはいいだろう……）

そう思ってのコーヒーだった。

サンドイッチは総看護師長のキャシーが処分したものとアランは思った。それが当然だ。

今日は金曜日の夜だ。処分しなければ、月曜日の朝には悪臭《あくしゅう》がしている。

あらかたコーヒーを飲み終えて、ソファーから立ち上がりかけた時だった。

「コツコツ、コツコツ……」

と、院長室のドアを控えめにたたく音がする。

こんなに遅い時間の訪問客など、今までにないこと。

（誰だ一体、こんな時間に……）

と内心つぶやきながら、ドアの前に立ち、

「誰？　こんな時間に……」

と声をかけた。一拍間《いっぱく》があいて、

「もうしわけありません、先ほどスタッフルームでお会いした掃除婦です……」

という心細《ぼそ》げな声が返ってきた。アランは怪訝《けげん》な面持《おも》ちでドアを開けた。

そこには、帽子とマスクを外《はず》した掃除婦の姿があった。

アランは掃除婦の顔を見ると驚いた。掃除婦というイメージから、てっきり五十の坂は下った女性だと思っていたからだ。

濃《こ》い疲れが顔ににじみ出てはいるが、マスクを外《はず》した顔は、まだ三十には少し間があるような知的で端正《たんせい》な顔をしている。

処分したはずのサンドイッチの紙袋を大事そうに抱《かか》えている。アランにはなぜこの掃除婦がサンドイッチの紙袋をもって、自分に会いにきたのか見当《けんとう》もつかない。

薄暗《うすぐら》い夜間照明《やかんしょうめい》の中で、うつむいて立っている掃除婦を、

（せっかくきたんだ、立ち話もできないだろう……）

と内心つぶやくと、中に入れた。

アランが話を聞いてやらなければ……、と思わせるような雰囲気《ふんいき》がこの掃除婦の周りにはただよっている。

「どうしたの……?」

とやさしくアランは部屋に入ってきた掃除婦に聞いた。

囲《かこ》いから一匹だけ出された、まだ乳離《ちばな》れもしていない子羊のように心細《こころぼそ》げな様子で、肩も小刻《こきざ》みに震《ふる》えている。

立たせたままでは話が前に進まない。

「腰を下《お》ろしたらいいじゃないか、どうぞ……」

ソファーに座《すわ》るように、と声をかけた。

その瞬間《しゅんかん》だった。彼女は腰から崩《くず》れ落ちるように床に座りこんだ。

「先生、許してください、許してください、どうか許してください……」

予想もしなかった彼女の態度の急変に、アランは呆気《あっけ》にとられている。彼女は叫《さけ》ぶようにつづけた、

「わたしは先生のサンドイッチを盗んでしまいました……、どうかお許しください……、どうか……」

彼女は頭を床にこすりつけるようにしてアランに謝罪《しゃざい》している。

彼女の態度の変わりようにしばし当惑《とうわく》していたが、鋭い頭脳《ずのう》の働きを持つアランだ。やがて冷静さを取りもどすと、彼女の言葉を通して状況を正確に把握《はあく》していた。

それを確かめるために、

「でも、どうしたの、一体……？」

と、聞いてみた。

「七つになる娘がいるんです……、お腹《なか》を空《す》かせて待っているんです……」

遠くを見るような視点の定まらない目で、唐突《とうとつ》にポツンとつぶやいた。

この言葉にアランの心の中のなにかが動いた。

「虚《きょ》を突《つ》かれる」という表現がある。まさにその状況がアランに起こっていた。

こんな豊かな社会で、母親がサンドイッチを持ち帰るのを、お腹《なか》を空《す》かせた幼い娘が待っているという、一体いつの時代の話か……、と思う。

自分の住む世界では大昔に終わった世界だ。が、彼女はまだその世界に住んでいるようだ。アランは自分の理解したことを彼女に伝えた。

「こんなに遅い時間だ。社員はみんな帰ったと思ったから、残されたサンドイッチをもらってもいいのだろう……、そう思ったんだね」

その言葉に、彼女は涙を流しながら、しゃくりあげるように頭を上下《じょうげ》に振った。

「その通りだよ……。君がもらってくれなければ、休み明けの月曜日には腐《くさ》って、ひどい臭いが事務所内に広がっていることになる。掃除婦としての仕事の上でも、処分してくれて良かったんだよ……。謝《あやま》ることなんかなに一つない……」

そう言うと、アランはつづけた。

「娘さんがいるんだ。だから持って帰ろうとしたんだ……、でもこんなもの、どこでも買えるでしょ……」

その問いに対する彼女の答えはなかった。

清貧《せいひん》に甘んじてもなお、さらなる貧《ひん》に襲《おそ》われることなど、どんなに一生懸命生きていても、彼女の住んでいる世界では珍しくもない。

薄《うす》い壁《かべ》一枚隔《へだ》てて、そういうアランの知らない貧しい世界はいつの世にでも存在する。幸せな人の中には、そういう世界を信じようとしない人もいる。自分に見えているのは、ホンの一握《ひとにぎ》りの世界だということに気がついていない。

それは彼女に答えられる問いじゃなかった。

次の給料日まで、あと一週間。それまで財布《さいふ》に入っている七十ドル（約七千円）でやりくりする必要があるのだ。

誰もいない灯《ひ》の消えたスタッフルームに一個三十ドル（約三千円）はする高級レストラ

ン製の、豪華なクラブサンドイッチが、ポツンと残されていた。

三日前にアパートの家主《やぬし》から、滞《とどこお》っていた家賃《やちん》を半《なか》ば強奪《ごうだつ》されるように徴収《ちょうしゅう》された。残ったのは財布《さいふ》にあった百ドルのみ。一日十ドル（千円）で母子二人は暮らしていた。

その状況で一個三十ドルもするサンドイッチは、娘のことを考えると、喉《のど》から手が出るほどに価値《かち》のあるもの。ここ数日、娘には満足なものを食べさせていない。

沈黙《ちんもく》をつづける彼女にアランは言った。

「君のやったことは間違《まちが》っちゃいない、娘さんに食べさせてあげればいいよ……」

「それじゃ、この病院の仕事は今からもつづけられるということで、よろしいのでしょうか……？」

と、アランの言葉に、彼女はオウム返しに問いかけた。

（盗みをしてしまった、もうここでは働《はたら》けない……）

と、彼女は思っていたからだ。

「まさか！、あなたみたいな正直な人をなぜ解雇《かいこ》しなければいけないの……、今からもうちの病院をよろしくおねがいしますよ……」

今はカナダも不景気だ。こういう清掃の仕事でもありつくには大変。

この言葉に彼女はふたたび涙ぐみながら、頭を深く下げると、

「ありがとうございます。マリアンヌ・ハドンと申します。もしなにかありましたら、総務部の係《かかり》の方におつたえください」

そう言うと彼女はソファーから腰を上げた。

部屋を出ていこうとしたマリアンヌを呼び止めると、アランはキャメルのジャケットの内ポケットから一万ドル入りの茶封筒《ちゃぶうとう》を取りだした。そして、

「これは僕が持っていても死んだ金にしかならない。あなたには生きた金として使っていただけるようだ。生活の足《た》しにしてください……」

そう言って、マリアンヌに渡そうとした。

マリアンヌは痩《や》せた顔の大きな目をさらに大きく見開くと、大げさなほどに両手を前につき出し、

「とんでもございません。このサンドイッチだけでもありがたいのに、その上お金までとは……、とんでもないことです……、とんでもないことです……」

と同じ言葉をくり返しながら、部屋を出ていこうとした。

アランはそのマリアンヌの後ろ姿に、少し張った声をかけた。

「今は特に大変な様子だから、こういう申し出をしている。正直《しょうじき》言ってこんな金、僕にはどうと言うこともない。娘さんがいるんだったら、考えてやる必要があるんじゃないの

「……？」

その言葉に彼女の足が止まった。アランは偶然《ぐうぜん》にも彼女の一番弱いところを突いていた。今の彼女の頭にはジジのことしかない。

娘の名前はジゼル。幼いころからジジと愛称で呼んでいる。ジジは我慢強《がまんづよ》い子。決して泣き言《ごと》を言う子じゃなかった。

欲《ほ》しいものがあっても決して、欲《ほ》しい……、などとは言わない。その言葉が母親を困らせることを知っていたからだ。

そのジジの七つとは思えない気持ちの働きに彼女は気づいている。それだけにジジに対する不憫《ふびん》さが募《つの》っていた。

（このお金があればジジに新しい靴を買ってやれる……！）

アランの張った言葉で足が止まった時、最初に湧き上がってきたのがこの思い。

古くなった靴の爪先《つまさき》に小さな穴が開いていることにマリアンヌは気づいている。ジジがおかしな素振《そぶ》りを見せなければ彼女も気づくことはなかった。

ちょっとした弾《はず》みで彼女があやまって硬貨《こうか》をジジの足もとに落とした時に、不自然と思われるほどに慌《あわ》てて足を引いたことで気づいた、そしてそのことをジジが必死で母親に隠そうとしていることにも。

ジジが欲しいと頼んでも、新しい靴が買えるような状況じゃないということは、ジジにも分かる。大好きな母親を悲しませないためには、隠し通すこと、とジジは幼心《おさなごころ》に決めていた。

それに気づいた時、マリアンヌは表情を変えることなく急ぎ足で洗面所に向かった。ドアを閉めた瞬間、彼女の顔は大きくゆがみ、その目からはまるで噴《ふ》き出るように涙があふれ落ちてきた。

母親に悲しい思いをさせまいと、必死でそのことを隠そうとしているのだ。普通の七つの子がするようなことじゃない。

この時ほど自分の不甲斐《ふがい》なさを思い知らされたことはなかった。

泣き声が漏《も》れないように、きつくタオルで顔をおおうと、五分近くも心の中でジジに許しを請《こ》いながら号泣《ごうきゅう》していた。

その日からジジの新しい靴のことだけが頭の中を占めるようになっていた。

アランにかけられた声は、そのマリアンヌの思いを直撃していた。

しばらく躊躇《ちゅうちょ》した彼女は、ジジの顔を思い浮かべると、ためらいがちにその茶色い封筒に手を伸ばした。

「もうしわけありません、かならず、かならず、お返しいたしますので、しばらくお貸しください……」

そう小声で伝えると、彼女はいかにも大事そうに封筒とサンドイッチの紙袋を両手でだき抱《かか》え、部屋の外の暗《くら》がりへと消えていった。

ソファーに座《すわ》ったままのアランは、小走《こばし》りに出ていくマリアンヌを見送ると満足そうな笑みを浮かべた。最近こういう気持ちになったことはない。施《ほどこ》しをすることで、これほどの清々《すがすが》しさを感じられるとは思いもしなかった。

いい気分に浸《ひた》っていたアランだったが、フッと我に返ると、自分に対して、強い「とまどい」を感じている、もう一人の自分に気がついた。

(悪人じゃぁないが、他人《ひと》に施《ほどこ》しをするような、そんな善人でもない……)

それが、自分だとアランは思っている。

雪の落ちてくる年末、街頭《がいとう》での子供たちの募金活動《ぼきんかつどう》を見ても、別に心が動かされるわけじゃない。大方《おおかた》の人と同じように、ただ襟を立てて黙《だま》って通り過ぎるだけ。

そんな自分が、なぜ急にこんな、自分らしくないことをしてしまったのか、それも一万ドルという大金を……、それが「とまどい」の理由だった。

「七つになる娘がいるんです……、お腹《なか》を空《す》かせて待っているんです……」

この掃除婦の言葉を聞いた時、それがなにかは分からないが、確かに心の中のなにかが動いた。その感覚は覚えている。

そのなにかが、この状況を生みだしているような気がする。

「成《な》り行《ゆ》き」という言葉がある。自分では制御《せいぎょ》できない時の流れだ。

この場には、その表現がもっとも相応《ふさわ》しいのかもしれない……、急に姿を見せたこの「とまどい」に、アランは自分の中で、そう折り合いをつけていた。

一万ドルなんて、落としたとしても別に悔《くや》しがるほどの金額でもない。その金でこういう清々《すがすが》しい気分を、久しぶりに味わわせて貰《もら》えるなんて、

（本当に安い買い物だった……）

それがアランの心の奥底から湧き上がってきた感覚。

しばらく目を閉じてその満ち足りた気分に浸《ひた》っていたアランは、おもむろにロレックス社製の高級腕時計を眺《なが》めると、

「これでも一万五千ドル（百五十万円）はする。今夜はこの時計をかたに一《ひと》勝負だ……」

そう声に出してつぶやくと、勢いよくソファーから立ち上がり院長室の灯《あか》りを消した。

この「とまどい」が、やがて旅発《たびた》つ「新しい世界」への前触《まえぶ》れだった、ということに、この時のアランが気づくことはなかった。

マリアンヌはオタワ（カナダの首都）の貧民街《ひんみんがい》を教区に持つ牧師《ぼくし》の家に、一人娘として生まれた。母親は蒲柳《ほりゅう》の質（体質が弱いこと）だった。さらに産後の肥立《ひだ》ちが悪く、マリアンヌが産まれて間もなく亡くなった。

それからは厳格《げんかく》な父親と教会の修女《しゅうじょ》（修道女）によって育てられ、気づくと周りには信《しん》仰心《こうしん》の厚い人々と貧しい人々しかいなかった。

彼女が「利他《りた》の心《こころ》」を持ちつづけ、やさしい心を失うことなく貧しさに耐えられたのも、この環境で育ったせいなのかもしれない。

彼女もまた、降る雨が乾《かわ》いた大地に染《し》みていくように、なんの抵抗《ていこう》もなく人に尽《つ》くす仕事が天から与えられた自分の仕事だ、と思うようになっていた。

歳月《さいげつ》が流れ彼女も二十歳《はたち》を迎えた時、

マリアンヌはマークという流れ者のギター弾《ひ》きに出会った。彼は自分で曲を作り、路上で演奏するストリート・ミュージシャンの一人。

中にはごく稀《まれ》に幸運の女神がほほ笑んで有名になる人もいる。が、そのほとんどは幸運などとは縁遠《えんどお》い世界に住み、貧《ひん》に身をやつして無名のままに一生を終える。

マークも運に見放された、そんなストリート・ミュージシャンの一人。

仲間の多くがたどる紆余曲折《うよきょくせつ》を経て、マークもまたマリアンヌのいる教区に流れ着いてきた。この偶然の出会いからマリアンヌとマークの物語が始まった。

不思議《ふしぎ》なことに、誰の心にも響《ひび》かなかったマークの歌がマリアンヌの心だけには届いていた。廃墟《はいきょ》になったビルの階段で、黄金色《こがねいろ》の月明かりに照らされて、甘い声のマークの弾《ひ》き語《がた》りを、うっとりと聞くマリアンヌの姿が見られるようになった。

半年後、この教区からマークとマリアンヌの姿が忽然《こつぜん》と消えた。父親と修女《しゅうじょ》（修道女）が必死でさがし回ったが、二人が見つかることはなかった。


「歳月《さいげつ》は人を待たず」という。あっという間に、八年という月日が流れていた。

カナダ最大の都市、トロントの社会の底辺《ていへん》で働く人々が住む町にマリアンヌの姿はあった。その左手は、今年七歳になるジジの右手を引いている。

マークは逃げて半年ほどで、長年に渡る不摂生《せっせい》が重度の結核を誘発《ゆうはつ》し、呆気《あっけ》ないほど簡単にこの世を去った。

親元を逃げてきたのだ。保証人もいない状況では、まともな仕事にありつけるはずもなく、保証人などを求めない社会の底辺で働くしかなかった。

それでもマリアンヌはジジを守るために、髪を振り乱すようにして必死で働いてきた。牧師である父親の元に帰るという考えはまったくなかった。親の許しも得ずに家を出たのだ。帰れるはずもなかった。

もし帰るとすれば、ひとかどの生活の基盤《きばん》を整えてから。それが心配をかけた父親に対する最低限の責務《せきむ》だと思って生きている。

だが、安い手当で働いている。生活の基盤《きばん》など、いつの話になるのか見当もつかない。不本意《ふほんい》ながら、その日暮らしの毎日をマリアンヌは送っていた。

そういう状況で彼女はアラン・ロスと出会った。

いつもは重い足どりで家路《いえじ》をたどるマリアンヌの様子には、その日に限ってはまるで雲の上をスキップを踏んで歩くような、軽《かろ》やかな足どりがあった。

（明日起きたらすぐにジジの新しい靴を買いに行こう……！）

前はいつ感じたのかまったく記憶《きおく》にない、そんな口に出せないほどの、今までに感じたことのない、天にも昇《のぼ》るほどの幸せな思いにマリアンヌは包まれていた。

マリアンヌのバッグの中には、高級レストランのサンドイッチと茶封筒《ちゃぶうとう》に入った一万ドル。それ以上に彼女の心を幸せにしていたのが、アランから与えられた思いやりの心だった。父親の元を去ってから、初めて感じた暖かい心だった。

アパートに着いた彼女は二階の彼女の部屋の前に立つと、カギをバッグからとり出そうとしていた。

バッグの中の茶封筒《ちゃぶうとう》が邪魔《じゃま》になって、その下にあるカギがとり出せない。茶封筒《ちゃぶうとう》をとり出し、腋《わき》の下に挟《はさ》みこむとカギをとり出した。

その時だった。彼女の背後に立った人影が、腋《わき》の下に挟み込んだ茶封筒を素早《すばや》く引き抜いたのは。マリアンヌが驚いてふり返ると、そこに立っていたのは大家《おおや》のニューマン。

「あるんじゃないか、持っていないと言いながら……」

ニューマンは隣室のアンを家賃催促《やちんさいそく》のために訪《たず》ねていた。部屋から出てきたばかりの彼に、マリアンヌが気づくことはなかった。

新しい靴がこのお金で買えるのだ。彼女はジジになんと言って喜ばせようか……、その思いだけにとらわれて、不覚《ふかく》にも隣室から出てきた彼に気づかなかった。

欲深いだけに、この大家は金の臭いには敏感だ。ニューマンは引き抜いた茶封筒の中を開けて見た。

「ピー……」

と彼は小さく口笛を吹きならすと、

「これは、これは……、持っていないと言いながら、有る所にはあるもんだ、こんな大金持っているとあぶないから、俺が大切にあずかっておくよ……」

欲深い顔に満面《まんめん》の笑みを浮かべて、ニューマンは言い放った。

ニューマン・ハウスといういっぱしの名前を持ったアパートだが、いつ解体されてもおかしくないようなボロアパート。住人も何か月も家賃を滞納《たいのう》するような貧乏人だけ。追い出して空き部屋にすれば入居してくる者などいない。であれば住まわせて、なんとか家賃を集めるのが得と考えて、このニューマン・ハウスを経営していた。

先日マリアンヌから三ヶ月分はなんとか回収した。だがまだ滞納分は三ヶ月分ほど残っている。この一万ドルを手に入れれば、滞納分を含めて今年分のすべてを前払いしても、まだ多額のお釣《つ》りがくる。

ニューマンがこんな機会を見逃《のが》すことはなかった。彼は知っていた、貧しい人々の多くが脛《すね》に傷を持つ身であることを、だから決して警察に駆けこまないことを。

マリアンヌは余りの驚きのために、言葉を発することさえできない。やっとの思いでふり絞《しぼ》って出した言葉が、

「人からお借りした大切な、大切なお金です……、どうか返してください……！」

そんな言葉など、ニューマンが気にするはずもなかった。彼女は遠ざかっていくニューマンの後ろ姿を、絶望に満《み》ちた目で見送るしかなかった。

その時、部屋の内側からドアが開いた。ドア外《そと》のただならぬ騒ぎに気づいたジジがドアを開けたのだ。

茫然《ぼうぜん》と佇《たたず》む母親の姿を見ると、ジジは黙《だま》って彼女の手を引いて中へと入れた。

彼女はやっとの思いでテーブルの椅子《いす》に腰かけると、もの問いたげに、じっと見つめてくるジジの視線を弱々しく受け止めた。

「お腹《なか》すいた……？」

ジジの視線にマリアンヌはそう聞いた。ジジは無言で首を横に振った。

ジジは決して、お腹《なか》がすいた……、という言葉を発することはなかった。その言葉が、大好きな母親を困らせることを知っていた。

マリアンヌは黙ってバッグの中からサンドイッチの紙袋をとり出すと、

「お食べなさい……」

と静かにジジの前に置いた。一瞬目を輝かせたジジは、

「ママは……？」

と聞いた。

「ママはもうすませてきたから、お腹《なか》いっぱいなの……、それはジジの分よ……」

ジジはせわしなく紙袋を開け、丁寧《ていねい》にもう一層かけられた薄い紙を破いた。姿を現したのは、今までに目にしたこともないような豪華《ごうか》なサンドイッチ。

厚切りのトーストした三枚のパンの間に、ローストチキンやハム、ベーコン、そしてレ

タスやトマトといった具材《ぐざい》が贅沢《ぜいたく》に挟《はさ》みこまれている。

それはジジが今まで見たこともなかった、分厚《ぶあつ》い美味《おい》しそうなサンドイッチだった。上等な緑のピクルスもきれいに厚くカットされて添えられている。

ジジは思わず、

「ワァッー……」

と小さく嬉しそうに声を上げていた。

「ジジは食べていなさい……、ママはちょっとお買い物に行ってくるから……」

そう言うとマリアンヌは部屋を出た。

明日からをどう生きればいいのか……？この混乱した頭を整理したかった。

部屋を出ると、隣の部屋のドアが静かに開いた。アパートで唯一《ゆいいっ》心を許せるアンおばさんが顔をのぞかせた。

アンおばさんはもう五十の坂を下《くだ》りかけた歳《とし》。この歳《とし》になるまで色々な場所を流れ歩いて、トロントに流れ着いたと聞いている。女性として人には言えない色々な苦労をしてきたようだ。でもその苦労を決して表には見せない毅然《きぜん》とした態度の人だった。

「悪いけど、ドア越しにニューマンとの話が耳に入ったもんでね……」

と言いながら、マリアンヌを部屋の中へと誘《さそ》い入れた。アンおばさんにとってマリアンヌはとても気になる存在になっている。

彼女は一人娘を幼い時に亡くしていた。何事もなくその娘が育っていれば、マリアンヌと同じ年頃だ。

またそれ以上に、社会の底辺で生きているにも関わらず、マリアンヌの何物にも汚《けが》されていない気質《きしつ》を愛していた。

アンおばさんの生きてきた人生では、嘘《うそ》を言うこと、人を騙《だま》すことは当たり前のこと。女性が一人で生きていくということはそれほどに大変なこと。アンおばさんも当然のように生きるために嘘《うそ》をつき、人を騙《だま》して生きてきた。

だがそれはマリアンヌに会うまでのこと。三年前にマリアンヌがこのアパートに住み始めた時からその生き方が変わった。

マリアンヌは騙《だま》されても、意地悪《いじわる》されてもやり返すということがなかった。いつも笑みを浮かべてやさしい態度で誰にでも接していた。

アンおばさんはマリアンヌの、そんな手ぬるい態度に腹を立て一度聞いたことがある、

「なぜあんたは、やり返さないんだい……？」

その時のマリアンヌの顔が忘れられない。遠くを見るような目をして、

「盗みをしちゃダメ、人を騙《だま》してもいけない、そして人にはやさしくしなさい……って、そ

うパパに教えられたんです。わたし、家出をしてきた親不孝《おやふこう》な娘でしょう……、だからそれだけは、パパの教えだけは守ろうと思って……」

「掃《は》き溜《だ》めに鶴《つる》」、という言葉がある。

アンおばさんにとっては、汚《けが》れのないマリアンヌはそんな気になる存在になっていた。そしてそんなマリアンヌの生き方は、アンおばさんのそれまでの生き方をも変えていた。

マリアンヌは今までに色々な話をアンおばさんとは交わしている。

彼女は心の中のものを吐き出したかった。心が軽くなれば、次の道が見えてくるような気がしたからだ。

「……というわけで、ロス先生から一万ドルお借りしたんです。わたし、今日初めてキリスト様にお会いできました……。でもそのお金をすべて大家さんに持っていかれたんです……」

アンおばさんはただ黙って、俯《うつむ》きながら話すマリアンヌの話に耳を傾《かたむ》けていた。が、キリスト様にお会いできました……、という言葉を聞いた時だけ、不思議なことにマリアンヌの顔が輝いて、とても幸せに見えた。

（神様なんて、なーんにもしてくれない……）

と今までの人生で思い知らされているアンおばさんには、その時の彼女の表情はただ奇異《きい》に映《うつ》っただけだった。

彼女は長年《ながねん》の経験で分かっている、こういう時は話を聞いてやるだけでいいということを、重く苦しい心を軽くしてやるだけでいいということを。

明日からどうすればいいのか……？それはマリアンヌにしか決められないし、できないこと。

二人のそうした会話は、ボソボソと低い声で二時間余りにもおよんでいた。

ジジはサンドイッチを食べ終えたが母親が帰ってくる様子がないので、勝手にベッドにもぐり込んだ。

時々手間賃稼《てまちんかせ》ぎに母親は行った先で店番を頼まれることがある。そういう手間賃も大切な収入源だ。お金になることならマリアンヌはジジのためになんでもやっていた。

ジジが一人でベッドに行くのは、そうめずらしいことでもなかった。

マリアンヌは深夜になって部屋にもどってきた。

親身《しんみ》になって話を聞いてくれるアンおばさんに、自分の辛《つら》い思いを吐き出したマリアンヌの心は軽くなっていた、そして以前と同じような気持ちがもどっていた。

ただ一つのことを除いては……。

アランの病院経営は、まるで白波を蹴立《けた》てて大海を滑《すべ》るように走るヨットのように、強い追い風にのっていた。

経営という観点には、病院であろうと損得勘定《そんとくかんじょう》しかない。

実弟のトーマス・ロスは病院の理事に名前を連ねているが、経営に関する理念《りねん》がアランとはまったく異《こと》なる。

医は仁術《じんじゅつ》であって算術《さんじゅつ》ではない、という考えにトーマスはとらわれ過ぎている、それがアランの考え。経営がゆらげば仁術《じんじゅつ》どころの話ではなくなる。

トーマスはきわめて有能な外科医《げかい》。彼の名声が病院の格を上げているほどだ。従って、本人の強い要望もあり、経営には関知させず本来の医師の仕事に専念させている。

医業の腕が落ちては病院としての経営が成り立たない。そのあたりのことを十分に読みこんだ、アランの周到《しゅうとう》な人材配置だった。

現在六番目の病院をアルバータ州のカルガリーに計画している。

「色々と言われているようだが、あの病院の経営の実情はどうなんですか……?」

アランは経営する病院の主要取引銀行である、カルガリー支店の支店長と、奥まった応接室で、もう三時間近くも密談を交わしていた。

あの病院とは、カルガリー最大の総合病院のこと。この病院の経営がうまくいっていないとの噂《うわさ》を数か月前に耳にした。

そのことが、カルガリーへの新病院誘致《ゆうち》というアランの経営感覚《けいえいかんかく》に火をつけていた。

カルガリーの有力な総合病院が財務基盤《ざいむきばん》に問題があれば、その病院にとって代われる可能性が出てくる。

アルバータ州の州都はエドモントン。が、その州都よりも多くの人口規模を持つ商都がカルガリー。この商都に新たな総合病院を誘致《ゆうち》できれば、かなりの利益が将来的に計算できる。そのために今朝早くトロントから飛んできた。

一方支店長の方も、アランの病院がこの地で運営されれば、カルガリー支店が第一の主要取引銀行としての地位を占めることになる。支店長としても必死の思い。

両者の思惑《おもわく》が合致して、色々な書類と詳細な数字を前にして、双方《そうほう》ともに時の経過も忘れるほどに話し込んでいた。

「創業者《そうぎょうしゃ》のオーナーが三年前に亡くなってからです……、それまでの堅実経営《けんじつけいえい》から、今の借金経営《しゃっきんけいえい》に陥《おちい》ったのは。私どもの見込みでは、あと三年もつかどうか、という財政状態《ざいせいじょうたい》に追いこまれています……」

その支店長の話を聞きながら、アランは内心ほくそ笑んでいた。銀行を相手に本音《ほんね》をもらすほどアランは未熟《みじゅく》じゃない。難しい顔を見せながら、

「まあ、可能性はあるということですなぁー……」

そう言うと、応接テーブルに広げた数字の書類をひとまとめにして、黒革《くろかわ》のカバンにつめこんだ。

「数字をまとめて新たな検討をします。その結果で再度お話ししましょうか……」

そう言いながらアランは腰を上げた。見送ろうとして腰を上げかけた支店長を片手で制すると、彼は一人で銀行を後にした。

ホテルが手配したリムジン（送迎用の高級車）に乗り込むと、アランは初めてニヤリ、と会心《かいしん》の笑みを浮かべている。

銀行に言うことはなかったが、自分で調査した内容と銀行から得た情報がピタリと合致《がっち》している。これでカルガリー進出は決定だ。あとは時期の問題だけ。

（これでまた大きな金が入ってくる、金はどれだけ入ってきても邪魔になるもんじゃない……）

アランは笑みを残したまま内心そうつぶやいた。

が、次の瞬間、アランの表情が苦悶《くもん》の色をみせた。突然左胸に針で刺されたような鋭い痛みを感じたのだ。最近時々感じる痛みだ。病院で検査しても異常はない。

心臓外科の名医として名高い友人の医師に見せても診断結果は同じ精神的なものからく

る痛みかもしれない、との所見《しょけん》を得た。

「生き馬の目を抜く」という例《たと》えもあるような、油断のできないきびしい実業の世界で生きているのだ。図太《ずぶと》い神経がなければ生き残れない。

精神的なものだと言われても、思い当たることなどなに一つない。少しの間我慢していれば痛みはゆっくりと去っていく。

しばらく前から感じている鉛板《なまりいた》を張り付けたような、不快な重苦しい疲労感も消えてはいかない。

（なんだこの不快感は……）

そう思いながらも、アランは自分のこの原因不明の不思議な体調に、付き合っていくしかなかった。

アンおばさんと話したその日の夜のこと。

マリアンヌは一人キッチンの食卓の椅子に腰かけていた。マリアンヌはいつもの自分をとりもどしていた。ジジはすでに寝入っている。

部屋は耳の奥がキーンとなるような静寂《せいじゃく》に包まれていた。

彼女は静かに考えている、今日の出来事すべてを、今まで自分の人生に起こったことのすべてを。

そしてマリアンヌは悟《さと》っていた、やっと自分にその日がやってきた、自分の死ねる日がようやくやってきたのだ、ということを。

今までにも漠然《ばくぜん》とその思いを持ったことは何度かあった。でもその思いはいつも曖昧《あいまい》で、その度《たび》に忙しさに紛《まぎ》れていつしか姿を消していた。

その思いの多くはジジの先行《さきゆ》きを思う心から湧《わ》いてきた思い。

自分の性格はよく分かっている。どれほど虐《しいた》げられても、やり返そうという気が自分には起こらない。虐《しいた》げる人の孤独な気持ちが分かるからだ。

だがその生き方は世間《せけん》ではいつも損をする。自分だけなら気にもならない。だがジジがいる。ジジがその犠牲《ぎせい》になる。

自分のその生き方がジジを不幸にしているんじゃないのか……?その思いに駆《か》られたことは二度や三度じゃなかった。

二週間ほど前のこと。大家が家賃の催促《さいそく》にきた時、もう少し待ってください……、とマリアンヌは頼んだ。払いたくても金がなかった。その時マリアンヌを口汚《ぎたな》くののしる大家の前にジジが突然飛び出してきて、

「うちは貧乏なんです、今お金がないんです。お金ができたら払います……!」

と切りつけるように、大家に言葉を投げつけると、ドアをバタンと閉めてしまった。子供心にもジジの堪忍袋《かんにんぶくろ》の緒《お》が切れたのだろう。大家がふたたびドアを叩いてくると思ったが、七つの娘の剣幕《けんまく》に驚いたのか、ドアがふたたび叩かれることはなかった。

その時くっきりと心に浮かび上がってきたのは、

（この子にはもう自分は必要ない……）

という思いだった。

年齢《ねんれい》以上にしっかりしているジジを見るたびに、それまでにも何度か、そう感じたことはあった。が、この時ほどその思いを強くしたことはなかった。

そういう中でアランに大金を借り、希望を持ち帰宅した途端《とたん》にその金を大家のニューマンに奪《うば》われた。

マリアンヌには、アランはキリストのように思えた。今まで誰にも与えられなかった思いやりという名の、温《あたた》かい希望をくれたからだ。

今までの人生で、あの病院から家までの帰り道ほど幸せに包まれ、希望に満たされた時間はなかった。今からどれだけ長く生きたとしても、あんな幸せに包まれることはもうないだろう……。

それほどの幸福感が、あの時のマリアンヌをくるんでいた。

ニューマンに突然金を強奪《ごうだつ》されたことで、それが真逆《まぎゃく》の暗闇《くらやみ》へとつき落とされた。希望に満ちた時を感じていただけに、その後の絶望は奈落《ならく》の底のように深いものになった。

この絶望に覆《おお》われた人生をまた、ふたたび歩いて行くのか……、と思うと、心の中に僅《わず》かばかりに残っていた、生きることに対する希望の小さな灯《ひ》は消え、マリアンヌはこれからの人生に対する、震《ふる》えのくるような嫌悪感《けんおかん》と恐怖感《きょうふかん》に襲《おそ》われていた。

あの幸せの残像《ざんぞう》はまだハッキリと残っている。その残像《ざんぞう》が残っている間に、その余韻《よいん》に浸《ひた》れるうちに、死んでしまいたい……。

この思いが、

(ジジにはもう自分は必要ない……、もし自分がいなくなれば、ジジはもう少しましな人生を送れるに違いない……)

という思いに強く結びついていた。それはやがて、もう何物にもマリアンヌのその思いを止めることはできない、というほどの固い決意に変わっていた。

悲しいことだが、世間《せけん》ではマリアンヌのそういう話など、口に泡《あわ》して語るような特別なものじゃない。むしろどこにでも転《ころ》がっている物語の一つ。

この話を、眉《まゆ》に唾《つば》を付けるような話だと思う人たちがいれば、その人たちはもうすでに幸せな人たち。

貧しい人たちの動線は、幸せに暮らす人たちのそれとは異《こと》なっている。だから幸せに暮らす人たちは、困窮《こんきゅう》に喘《あえ》いでいるそういう人たちの存在が見えないし、また見ようとも思わない。

働き盛《ざか》りの年齢で、生活保護をもらうこともなく孤独《こどく》にさいなまれ、ひっそりと餓死《がし》した姉妹《しまい》、二十歳《はたち》という若さで希望を失い電車に飛び込んだ若者、取引先に騙《だま》され銀行に身ぐるみはがされて一家心中《いっかしんじゅう》をした会社経営者、などなど。

悲しい人たちの物語は、薄い壁一枚を隔《へだ》てた向こう側の世界には数《かず》かぎりなくある。

そういう人たちの生前の人生の軌跡《きせき》をたどれば、そしてベールに覆《おお》われた一枚ごとのお話のページをめくれば、涙なくして語れないそれぞれの物語が浮かび上がってくる。

マリアンヌが気づくと、夜はすでに白々《しらじら》と明けていた。テーブルの上には書きあげた二通の手紙が置かれている。

一通は、父親クロード宛《あ》て。

（パパごめんなさい、ジジをお願いします。ジジに靴を買ってもらえませんか……）

もう一通はアラン・ロス宛て。

（大切なお金、返せなくなりました……、どうか、どうかお許しください……）

二通とも一行だけの手紙。

あまりにも多くの思いが頭の中を駆《か》け巡《めぐ》り、何度も何度も書き直した結果がこの一行だけの手紙。彼岸《ひがん》の地で心から謝罪しようと思っている。

やがて、

「ママ、おはようー……」

とジジがまだ眠たそうに、小さな手で目をこすりながら起きてきた。

マリアンヌは、フッと我に返ると台所に立った。いつもの朝食の用意。体が勝手に動く。トーストとベーコンエッグをミルクとともにテーブルの上に置くと、ジジは大人用の椅《い》子《す》に腰かけ、両足をぶらぶらさせて、いつものように時々笑みを見せて母親をふり返りながら、朝食を食べている。

何かの歌を口ずさみながら食べている、まだ小さいジジの後ろ姿を見ると、彼女はたまらずに洗面所へ駆け込んだ。あふれ出てくる涙を抑《おさ》えられない。

やがて洗面所から出てきたマリアンヌは学校に行く用意をしているジジに話しかける、

「急なお話で驚くでしょうけど……、ジジ、昨夜おじいちゃんと話をして、急におじいちゃんの家に行くことになったの……。でもママはどうしても今夜やることがあって、ジジと一緒には行けなくなったの。ジジは一足先に行っててくれる?」

「だったら明日一緒に行こうよ……」

そのジジの言葉に、

「おじいちゃんがどうしても早くジジに会いたいって言っているから、一人でも行けるわよね……」

その言葉に、不承不承《ふしょうぶしょう》ながらも、

「わかった。ジジ、ママのくるのをおじいちゃんの家で待ってる……」

と答えた。

幼いジジもこの突然の里帰りの話には強い不自然さを感じている、おじいちゃんには今まで一度も会ったことはないのだ。

母親と一緒に帰りたい、と願うのはジジの当然の思い。

でもどんなことでも母親を困らせることはしてはいけない、と思うジジは、納得できないことでも結局は母親の言うことを、今までにも何度も聞いてきている。

この里帰りも、そんな話の一つだと、不自然だと思うジジの心に、彼女なりの折り合いをつけて自分を納得《なっとく》させていた。

ジジはたいていの場所には、住所とお金さえ渡せば行けるようなしっかり者になっている。これも自分の不甲斐《ふがい》なさのせいだ、とマリアンヌは思っている。

お金と住所を記した紙をジジの両手にのせる時、大事そうにさし出してきた、疑うことを知らないジジの小さな、紅葉《もみじ》のような二つの手を見た時、マリアンヌに突然こみ上げるものがふき上がってきた。

涙を見せないように彼女は急いでジジをハグした。学校へ行く前のいつもの習慣だ。が、ジジにはいつもよりそのハグが長く、そしてその何倍も固く抱きしめられていたような気がした。ジジにその理由が分かるはずもなかった。

小さな体に大きめのリュックを背負《せお》ってジジは歩いて行く。その先の角《かど》を左に曲がればすぐにオタワ行きのバスターミナルがある。

角《かど》を曲がる前にジジは母親を振りかえって見ると、小さな右手を大きく左右に振った。彼女も涙で小さく霞《かす》んでいくジジに小さく手を振った。

マリアンヌの気持ちが変わることはなかった。

彼女には、自分こそがジジの人生を不幸にしている……、との思いが、時間が経つにつれて強くなっていた。

第二章　奇妙な同居人

極度《きょくど》の緊張《きんちょう》をともなって腰を小さく左右に振っている。眼は細く見開かれ、両耳は後ろに倒れ、前足は爪を立てて、いつでも飛び出せるようにコンクリートの地面をがっちりとつかんでいる。

時刻は昼下《ひるさ》がりの二時を少し回った時分《じぶん》になっていた。昼食後の気《け》だるい雰囲気《ふんいき》が辺《あた》りを包んでいた。

玄関先のなだらかなスロープに車が一台止まっている。そこにこの家の二歳になったばかりの一人息子のティミーが家のドアを開けて一人で出てきた。

いつも餌《えさ》をくれる母親のドロシーは食後の片付《かたづ》けをしているようだ。三歳になるメスのノラ猫キャシーは朝と夕方にはいつも台所の裏口で、ドロシーに餌《えさ》をもらっている。

玄関の植木の陰で昼寝をしていたキャシーは、先ほどから周りをうろつく茶色の中型犬が気になっていた。そこにティミーが家から出てきたのだ。

その犬が車の陰に隠れたのをキャシーは見逃《みのが》さなかった。キャシーは本能で気づいている、この中型犬がいつも餌をくれるやさしいドロシーの一人息子を狙《ねら》っていることに。

何も知らないティミーは、徐々《じょじょ》に中型犬が隠れている場所に近づいていく。

キャシーは鋭い目で中型犬に狙いをつけると、フーッ……、と白い毛を逆立《さかだ》てて低くうなりながら、腰をなおも左右に振りつづけ、飛び出すタイミングを計っている。

ついに茶色の犬が動いた、

「ワウッ、ワウッ……」

と、低く吠《ほ》えながら、ティミーに襲いかかろうとした、その瞬間だった。

一本の白い筋《すじ》と化したキャシーの姿が、襲いかかろうとした茶色の犬の胴体《どうたい》めがけて空中を飛んできたのは。

予想もしなかったその体当たりに、茶色の犬は一瞬よろめき、慌《あわ》てふためいてなにが起こったのかも分からぬままに逃げていく。

襲《おそ》ってきた犬に気づいたティミーは、火が付いたような泣き声を上げていた。

その泣き声に驚いて家から出てきたドロシーは、一目散《いちもくさん》に逃げ去る犬の姿に気づき、また心配そうにティミーに寄り添う白猫の姿を見て、なにが起こったのかを悟《さと》っていた。

この白猫がティミーを救ったのだ。誰かがなにかをしなければ、あの犬が一目散に逃げ去る理由がない。そしてここにはこの白猫しかいない。

この白猫がなによりも大切な一人息子を救ってくれたことは明白だった。

ティミーもやさしくなでてくれる。ドロシーも感謝のしるしなのだろう、抱き上げて頬《ほお》ずりをしてくれた。キャシーは幸せだった。

ドロシーは今日こそ夫に承知してもらおうと思っている、この白猫を家で飼うことを。今まで何度も頼んでみた。夫には偏屈《へんくつ》なところがあった。猫嫌《ぎら》いの犬好きだった。そのつど首を横に振られた。

でも今度はティミーが助けられたのだ。どんな番犬だってほとんどの場合、命をかけてまで弱い者を守るということなどしない。

それをしたこのノラ猫は、家で飼われて安穏《あんのん》に暮らす資格がある。なによりもティミーの一番の友達になった。それが当然だとドロシーは思っている。

その夜、一騒動《ひとそうどう》ともいうべき夫婦喧嘩《ふうふげんか》があった。今回だけはドロシーが一歩も後《あと》へは引かなかったからだ。

次の朝、寝ていたところを、この家の主人にキャシーは嫌というほどに蹴《け》り飛ばされていた。昨夜の騒動《そうどう》で、この家の主人の苛立《いらだ》ちは頂点《ちょうてん》にあったのだろう。

それにしても、

（恩《おん》を受けた自分を蹴《け》り飛ばすとは……、なんたることか？人間というのは、よく分からない生き物……）

そうキャシーは思っている。

ドロシーみたいにやさしい人もいれば、その主人のように平気で恩を仇《あだ》で返すような人もいる。平気で猫を虐待《ぎゃくたい》するような、もっと性悪《しょうわる》な人間もたくさん見てきた。人間でありながら、同じ人間の子供を虐待《ぎゃくたい》するような非道《ひどう》な輩《やから》も大勢いるらしい。

猫の世界には、同じ猫の子に、そんな非道《ひどう》なことをする恥知《はじし》らずの猫なんて、ただの一匹だっていやしない。

キャシーはドロシーの元を離れることにした。猫にだって感情はある。蹴り飛ばされることに耐えてまで、この場所で生きていたいとは思わない。

裏庭の雑木林《ぞうきばやし》はロッキー山脈のすそ野にまでつづいている。

ドロシーに朝の餌《えさ》をもらうと、キャシーは心の中でドロシーに別れを告げ、雑木林《ぞうきばやし》のけもの道をロッキーの山々に向かって独《ひと》りで歩いていた。

ラブラドール・レトリバーのフレッドは、庭の白い柵《さく》に首輪《くびわ》を通したひもで結《ゆ》わえられていた。もう十時間もこの状態がつづいている。

飼い主のバート・スミスの生業《なりわい》は、投資をして多額の利子配当《りしはいとう》を得ることだった。好景気に沸《わ》いた数年前までは、巨額の利益を得ていた。

アルバータ州の州都エドモントンの郊外に、儲《もう》けた金で購入した大きな家に住んでいたが、家族四人には広すぎる家だった。

近所には犬好きが多く。犬がいなければ周囲の環境にも溶け込めない、という状況があった。

実際に、犬の散歩の途中で出会った同士が、公園のベンチに座って長いこと話し込む、そしてそこに散歩に現れた他の住人も参加する、という光景もしばしば見られていた。

そういう場所は、往々《おうおう》にして地域社会《ちいきしゃかい》での大切な情報収集《じょうほうしゅうしゅう》の場所になる。家族の話し合いで犬を飼うことに決めた。

どうせ飼うのなら、この広い家に合うような大きな犬を飼おうということになり、大型の犬種ラブラドール・レトリバーの生後三か月ほどの、オス犬のフレッドをバートが知人からもらってきた。

決して犬が好きで飼い始めたわけじゃない。が、飼い始めれば情が湧いてくるもの、それが人情というものだ。

だがこの家族の場合は、そういう人の情には恵まれていなかった。そういう飼い主の薄《はく》情《じょう》さは、感性の豊かな犬にはすぐ分かる。

フレッドがこの家族に忠誠《ちゅうせい》を誓《ちか》うことはなかった。それから三年が過ぎ、急激に景気が下降線《かこうせん》をたどってきた。この不景気の波がこの家族を呑《の》みこんだ。

収入は減り出費は従来のまま。当然今までの生活水準を維持できなくなる。家族は家を売って来月からエドモントン都心のマンションに住むことになった。

フレッドを飼いつづける理由もなくなった。最初から情の薄い家族だ。彼らはフレッドを捨てることを簡単に決めた。

捨てるのなら車をしばらく飛ばせば捨てられる、ロッキー山脈の山奥がいい。峻険《しゅんけん》な地形のためにもどってはこられない。

フレッドは捨てられるために昨夜から、柵《さく》に結《ゆ》わえられていた。

やがてバートが朝食を終えると、玄関から出てきた。捨てる犬に餌は必要ない、それがこの家族の考え。朝からフレッドはなにも食べていない。

そしてフレッドのリードを強く引っ張ると、車の中に強引《ごういん》に押し込んだ。

行く先はロッキー山脈の山奥。フレッドに行く先は分からない。それを気にすることは今までにもなかったし今もない。この家族に期待するものは昔からなにもなかった。

与えられた場所で生き抜くこと、それだけをフレッドは考えていた。

大きな山小屋の中から大人と子供の声がする。時々子供の甲高《かんだか》い笑い声、家具を引きずる重たげな音、金づちで釘を打ち込む音などがその合間《あいま》に聞こえる。

声の主はこの山小屋で、一月《ひとつき》前から暮らし始めたジジとアランだった。

アランはジジの母親マリアンヌに、彼女の汚《けが》れのない生き方を通して、自分の中に潜《ひそ》んでいた醜悪《しゅうあく》な部分を見せられた。それは吐き気を催《もよお》すようなとてつもなく醜《みにく》い姿。

十日の間、悩み考え込んだ挙句《あげく》、アランは新しい世界に旅立《たびだ》つことを決めた。それまでの自分と決別したかったからだ。

旅立《たびだ》ちの前に、マリアンヌが強奪《ごうだつ》された金をアランは取りもどしていた。この金の正当な持ち主はマリアンヌの娘ジジだ。

その金を渡すために、アランはジジが暮らす、牧師である祖父クロードの教会を訪《たず》ねた。そこには、マリアンヌの死を受け入れられずに、学校にも行かずに泣き暮らす幼いジジの姿があった。

自分もマリアンヌの死で、言葉には尽《つ》くしがたい衝撃《しょうげき》を受けた。アランには幼いジジの気持ちが、なんとなく分かるような気がした。

アランはクロードに願った、ジジに会わせてくれないか……、と。クロードは最初は渋《しぶ》った。ジジが大人をいやがり誰とも会わなかったからだ。

重《かさ》ねてのアランの頼みに、やがてクロードは承知した。

クロードに諭《さと》されて、いやいやながらもジジは奥の部屋から出てきた。その目には怒りの光が溜《た》められていた、ジジは大人が大嫌いだった。

が、次の瞬間、クロードも驚くような光景が生まれていた。

アランはただ、おだやかな目をジジに向けていた。その目を見たジジの目から、涙がこぼれ落ちてきたのだ。

ジジはアランの目に、母親マリアンヌを想う光を見ていた。もうなんの言葉も必要なかった。ジジはアランの胸の中に飛び込んでいた。

(マリアンヌが二人を引き合わせている……)

これが、この時クロードに湧き上がってきた思いだった。

アランは、ジジと一緒に新しい世界へ旅立つことをクロードに願った。娘が二人を引き合わせているのなら、自分に反対する理由はない……。それがアランへの答えだった。

山小屋と言っても、住居用に建てられた二階建てのしっかりとした作りになっている。隙間《すきま》などはしっかりとした詰め物がされており、隙間風《すきまかぜ》などは入ってこない。

寝室も二階には二つあり、一階の居間は三十畳ほどもある。ここを仕切れば、新たに二つの寝室が作れるほどの広さだ。

小屋の裏手には自家発電室があり電力の供給には問題ない。余力を持った大型のモーターが、いつも静かにうなりを上げている。

十メートルほど離れた小川からは、パイプを通して水を引いている。凍りつく冬場の水調達のために地下にパイプを通すことも考えている。

贅沢《ぜいたく》じゃないが、質実《しつじつ》に丈夫に作られた山小屋になっている。

一月《ひとつき》前からこの山小屋で生活を始めている。十日に一度ほど、麓《ふもと》にあるスーパーマーケットに車で買い出しに出れば、後《あと》は外界《がいかい》と隔絶《かくぜつ》された静寂《せいじゃく》な世界になる。

五十も年の離れた関係だ、初めからぎこちなさとは無縁《むえん》の世界だった。それどころか、ジジは自分のことを、

「アラン……、アラン……」

と最初から呼び捨てにしている。

こんな小さな女の子に呼び捨てにされるなど、最初は多少の驚きと、とまどいがあった。

今ではごく自然なその呼び方も、そう悪いもんじゃない……、と思っている。

ジジがさびしがったから初めのうちは同じベッドで寝た。まだ七つの子だ。自分の腕枕《うでまくら》を貸してやると、すぐに眠れるようだ。

来た当初、ジジの眠った目からは涙がにじみ出していた。母親の夢を見ていたのかもし

れない。その涙が消えたのは一週間が経った頃だった。

それからは眠ったままのジジを抱きかかえて彼女の寝室に運んだ。その後は自分の寝室で寝るようになった。

森にただよう精気に満ちた空気は、いい変化を人にもたらしてくれるようだ。

オタワでは沈んだ空気の中で暮らしていたジジが、見違えるほどに元気になり、活動的になってくれた。時には甲高《かんだか》い笑い声も立ててくれる。

アランは自分の変化にも驚いていた。ここ十年ほどは独り身の生活に慣れきっていた。そこに他人が入ってくると、眠れないなどの変調をきたすのが常だった。

ジジとの生活にも多少の危惧《きぐ》は抱《いだ》いていたが、それはまったくの鳥越苦労《とりこしくろう》。ジジの存在は不思議なことに、何の変調もアランの体にもたらすことはなかった。

最初の日から、お互いがまるで空気のような存在になっていた。

一日中声が聞こえないこともある。アランは読書をし、ジジは勉強に夢中になっている時だ。それでも時々はアランは読書から目を離しジジを見る。そんな時、ジジもアランに目をやる。そして互いに自然な笑みを交わすと、また読書と勉強にもどる。

アランもジジも無駄に言葉を交わすということはない。

だから一日を通して沈黙の時が流れる、そんな日もたまにはあった。でもそんな静かな日でも、山小屋の中は心地《ここち》よい暖かい雰囲気《ふんいき》に包まれている。

山小屋にきて三月《みつき》がたった頃、季節は八月の終わりになっていた。じきに暖炉《だんろ》の火が恋しくなる日が駆け足でやってくる。

そんな季節の変わり目を迎え、リヤカーを引いた二人は黄色く色づきかけた森の中へと足を踏み入れていた、冬場の暖炉《だんろ》の薪《まき》を集めるために。

ジジは落ちている薪《まき》を拾い、アランは集めてきた風倒木《ふうとうぼく》を斧《おの》で割って薪《まき》を作っている。

滴《したた》り落ちる汗を拭《ふ》きながら、アランは一心不乱に風倒木に斧を入れていた。ふっと我に返ると、ジジがいない。気になったアランはジジを探しに行った。

やがて小さな薪の束《たば》を胸に抱《だ》いたまま、藪《やぶ》の中を覗《のぞ》き込んでいる小さな背中を見つけた。

「アラン、この中に猫がいる……」

背後で見守る彼に気づくと、ジジはそう声をかけた。

猫がこんな人里離れたところにいるはずがない、と思っているアランは、思わず叫《さけ》んでいた、

「ジジ、手を出すな！こんなところに猫がいるはずがない……」

肉食の小動物であれば、手を出せば噛《か》みついてくる。小動物であっても、野生の生き物の噛《か》む力は、とんでもなく強い。だが藪《やぶ》の中から聞こえてきたのは、

「ミャーオ……」

という、こんな山奥には、いるはずのない猫の鳴き声。他の肉食獣に追われてこの藪《やぶ》に逃げ込んできたのかもしれない。

最近捨てられたか、またはなんらかの理由でこの山に連れてこられて、飼い主とはぐれたのだろう。零下四十度を下回るこの森の冬を越せる猫がいるはずがない。

寄ってこないようなら捕まえるのは無理。人が足を踏み入れられない藪から藪へと逃げ回られるだけ。

やがてアランに説得されたジジは猫の救出を諦《あきら》めた。これだけ呼んでも出てこないのだ。人間によほどひどい目にあわされた猫なのかもしれない。

二人はリヤカーに薪《まき》を積み込むと、その場を後《あと》にした。

リヤカーの後ろを押しているジジが最初に気づいた、あの藪《やぶ》の中にいた猫が見え隠《かく》れに後《あと》をつけてくるのに。

「猫がついてくるよ、アラン……」

と、汗を拭《ふ》きながらリヤカーを引っ張るアランに、小声でささやくように声をかけた。

「放っておけばいい、猫は気まぐれだから……」

リヤカーを引く足を止めずに、彼は前を向いたまま、猫にも聞こえるような大きな声でジジに返事した。

猫はその大声に一瞬《いっしゅん》ビクっとした。こんな大声、最近聞いたことがなかった。憎《にく》らし気《げ》な細い目で、まるで品定めをするかのように、自分を驚ろかせたアランをにらんでいる。

猫は人の住む世界に嫌気《いやけ》がさし、この森に入ってきたキャシーだった。が、生きることがこれほど大変なことだとは思いもしなかった。

しばらくは餌《えさ》をくれたドロシーを懐《なつ》かしんでいた。でもそれで腹がふくれるものでもない。キャシーが野生の一部に返るのに、そう長い時は必要なかった。

ハタネズミを追いかけたり、樹上《じゅじょう》のリスを狙ったりした。が、そう簡単に自然がキャシーを仲間として受け入れることもなかった。

生まれた時からのノラ猫。狩りを教えてくれる母親の顔さえキャシーは知らない。狩りの成功率は低く、きびしい生き残りをかけた状況に彼女は直面していた。

今日は見たこともない獣《けもの》に追いかけられた。不格好《ぶかっこう》で強そうなやつ。闘《たたか》っても負けるのは明らかだった。命からがらこの密集した藪《やぶ》に逃げ込んだ。

キャシーを追いかけた獣《けもの》はクズリだった。別名クロアナグマとも呼ばれる。

四肢《しし》は短く頑丈《がんじょう》で、体長は約一メートル。尾長は約二十センチで体重が三十キロほど。足裏は広く雪上での動きが得意だ。

キャシーが逃げたのは正しい選択だった。「小さな悪魔」と呼ばれるほどに性格はどう猛で、狼やクマなども避《さ》けて通るほどに手ごわい相手。

特に顎《あご》の力が強く、食料として他の肉食獣が食べ残す、太い骨などを巣穴に持ち帰る。骨をかみ砕き、中の栄養豊富な骨髄《こつずい》を食べるためだ。

キャシーが逃げられたのは幸運だった。そして不運は、この森には他にいない、猫の臭いをクズリに覚えられたことだった。

やがて山小屋に着くとジジは初めて後ろを振りむいた。

キャシーは藪《やぶ》をのぞきこむジジの目に、ドロシーと同じ目の色を見ていた。それは周りのものすべてにやさしい目の色。彼女はゆっくりとジジに近づいて行く。

それに気づいたアランは、山小屋に入ると皿にミルクを注いでいた。それは珍客をもてなす風ではなく、日常的なごく自然なふるまい。

さっきは大声で驚かされた、またドロシーの夫の例もある。キャシーはアランへの警戒は解いていない。が、アランのごく自然なふるまいがキャシーの気分を変えていた。

キャシーは注がれたミルクを夢中で飲みだした。飲み終える頃には、アランはキャシーの大のお気に入りになっていた。

その日から、もう十年もこの山小屋で暮らしている……、というような顔のキャシーの暮らしが始まった。

世間には変わったことが起これば、それが二度、三度、と立てつづけに起こる、ということがたまにある。

それから三日目の夕方のことだった。

居間の暖炉の前で寝そべっていたキャシーが、突然、フーッ、とうなりだすと全身の白い毛を逆立《さかだ》てた。揺《ゆ》り椅子《いす》に座って新聞を読んでいたアランは、その目をドアに向けた。

野草とベリーを手にしたジジが、いつものように、

「ただいま……」

と言ってドアを開けて入ってきた。だがその日は、仔牛《こうし》ほどもある大きさの、痩《や》せ細った大型犬を連れていた。

ジジは野草を摘《つ》みながら歩いていた。気づいたらこの犬が尻尾《しっぽ》を振ってついてきていた。

家にはすでにキャシーがいる。大人の猫と犬は概《がい》して仲は良くない。

だから一度は追い返したが、それでも尻尾《しっぽ》を振ってついてくる。アランに相談するために連れ帰ったのだという。

褐色《かっしょく》の短毛を持つこの、のっそりとした痩《や》せた大型犬は、心細《こころぼそ》げな眼でアランを見つめていた。

犬は猫よりも野生からは遠く人間に近い。眼には豊かな表情もあらわれる。以前犬を飼っていたアランは、犬の気持ちを理解できる。愛犬が死んだ時、そのあまりの悲しさに、それっきり犬を飼うことを止めていたほどの犬好きだった。

この犬は人に飼われていたのだろうが、可愛がられていた、という風には見えない。愛情の薄い飼われ方をされていたのだろう。

犬に対して、ニコリ、と大きな笑みを送ったアランは、大きめの皿にミルクをたっぷりと入れて痩《や》せた犬の前に置いた。五分と立たないうちに飲み終えた。

痩《や》せた大型犬はアランを見ると、ワン、と吠えた。

餌《えさ》を催促《さいそく》している。夕食用のハンバーグを二人分、犬の前に置いた。この瞬間、ジジとアランの夕食は、簡単なサンドイッチに決まった。

夢中でこのハンバーグをたいらげた大型犬は、食事を終えると揺り椅子に座るアランの足もとにきてうずくまった。

犬は飼い主の表情を理解する。

大きな笑みを浮かべたアランの顔が、この犬から不安を一掃《いっそう》していた。そしてこの犬にとって、彼の笑顔を通して生まれてきた不思議な感覚は、人と出会って初めて感じる、なんとも奇妙《きみょう》なものだった。

犬はラブラドール・レトリバーのフレッドだった。そしてフレッドは、この時初めて人に対する忠誠心《ちゅうせいしん》、という感情を持つことができた。

それほどに今のアランには、おだやかさが満ちている。

アランは自分では気づいちゃいない。が、そのおだやかさは、ジジだけじゃなく、キャシーやフレッド、また他の森の生き物たちにも伝わるようなものになっている。

かつては、胸の痛みや、原因不明の鉛板を張り付けたような、重い疲労感に悩まされていた。それらが消えてしまったことにもアランは気づいちゃいない。

森にただよう律動《りつどう》のままにアランは今を生きている。森の精気は、そのアランを健康な体にもどし、人があるべき姿へとやさしく導いていた。

フレッドが初めて忠誠心《ちゅうせいしん》を持つほどに、アランの笑みは、人に対する不信感《ふしんかん》にこり固まっていたフレッドの悪感情を拭《ぬぐ》い去っていた。

ジジとアランは笑みを絶やすことなく、フレッドの動きを見守っている。

「奇妙な同居人《どうきょにん》だが、仲間は多い方が楽しいだろうジジ、四人で暮らすのも悪くはない……」

そのアランの言葉に、ジジは思わず三度もうなづいていた。その言葉はまたジジの気持ちでもあったからだ。

ただ気むずかしいメス猫、キャシーのみは、冷たい視線をフレッドに送っていた。

(この独活《うど》の大木《たいぼく》、あんたなんて目じゃないから……)

キャシーはフレッドに対する敵対心《てきたいしん》を露骨《ろこつ》にあらわしていた。

飼われている生き物が、他の生き物よりもより多く、飼い主の関心をひこうとするのは当然の行為《こうい》。野生では、それが生き残りの道につながる。

因《ちな》みに、キャシーとフレッドの名付け親はアランだ。

総看護師長のキャシーと事務局長のフレッドは、病院内でよくアランに尽くしてくれた。その二人に謝意を表す意味で、アランがつけた名前だった。

しばらくすると、ジジが野草やベリーを摘《つ》みに行くときは、必ずフレッドがついていくようになった。フレッドにはジジを守ろうとする気持ちがあるのだろう。

そうするとなぜかは分からないが、フレッドと仲の良くないキャシーも一緒に出かけるようになった。

まだ小さいジジにも、そのキャシーの気持ちは分かる。一人ぼっちにされたくないのだ。キャシーは気分屋だ。でも別に邪魔になるわけでもない。ジジはキャシーの気分にまかせることにした。

ある日三人で歩いている時のことだった。

キャシーが聞き耳を立てるように突然立ち止まると、次の瞬間、脱兎《だっと》のごとく茂みに飛び込み、全速力で駆けだしたのだ。

突然のことでジジにもキャシーの行動を理解できない、唖然《あぜん》とするしかなかった。

キャシーが駆け去った後の茂みの中で、ザ、ザ、ザ、ザ……、と草木がゆれる音をジジは聞いた。次の瞬間今度はフレッドが急に駆けだして行った。

音は聞いたが、ジジの目にはなにも映《うつ》っていない。なにが起こっているのか理解できないジジには、フレッドの後ろ姿を見送ることしかできなかった。

キャシーは全速力で逃げている、あの嫌な臭いを嗅《か》いでいたのだ。

それは以前追いかけられたクズリの臭い。キャシーがジジと一緒にいると、ジジまでが襲《おそ》われる。そう感じたキャシーは、ジジから離れるために全速力で走っていた。

しばらく走った後、追尾《ついび》されていないか注意深く後ろに眼をやった。クズリなりの鈍《にぶ》い動きだが、臭いをたどって正確に追いかけてきている。

キャシーは木に登ることも考えた。が、相手は丈夫《じょうぶ》な爪を持っている。本能的に分かる、相手も木に登れることは。臭いをたどられて今のように執拗《しつよう》に追いかけられては、いずれ逃げ場もなくなる。

どうすべきか……？走りながらそう考えていたキャシーの行く手に、突然「絶望」という二文字が見えてきた。

高い崖《がけ》の壁が見えてきたのだ。行く先は完全に崖の壁で行きどまりになっている。壁の左右は崩れ落ちた大きな石の塊《かたまり》で、道がふさがれている。キャシーはのっぴきならない状況に追い込まれていた。

最後の手段と言っても猫になにもあろうはずがない。闘《たたか》っても万に一つのチャンスさえない。勝《まさ》るものがあるとすれば敏捷性《びんしょうせい》だけ。

逃げられないこの袋小路《ふくろこうじ》のような状況での敏捷性《びんしょうせい》など、まったくの役立たず。音を立てずに小さな藪《やぶ》の中で身をひそめ、気づかずに相手がただ通り過ぎていくのを待つしかない。全身を耳にして相手の動きを、ただ感知しようとキャシーの緊張《きんちょう》は限界点《げんかいてん》にまで高められていた。

キャシーの一縷《いちる》の望みにもかかわらず、自分を見つめたままクズリはゆっくりと、向かい側《がわ》の藪の中から姿を現した。

こうなってはもう万事休《ばんじきゅう》す。キャシーは覚悟を決めた。が、死ぬにしても闘わずに死ぬつもりは彼女にない。クズリを一噛《ひとか》みでもして死ぬつもりのキャシー。メス猫だが、それほどの激しい気性が彼女には備わっている。

体を少しでも大きく見せるために、キャシーは思い切り全身の毛を逆立《さかだ》てて、

「フーーッ……」

と喉《のど》の奥からしぼり出すようなうなり声を上げる。この時のキャシーからは、すでに恐怖心は跡形《あとかた》もなく消えうせている。クズリがさらに近づくのをじっと待つ。もう一歩、二歩近づいてくれれば飛びかかるつもりのキャシー。

その時だった。クズリの背後から、のそり、と姿を現したフレッドの大きな体が、キャシーの視界に入ってきたのは。

理由もなく毛嫌《けぎら》いしていたフレッドだったが、この時ほどキャシーにとって頼もしく見えたことはなかった。

ラブラドール・レトリバーはもともと狩猟犬《しゅりょうけん》。

レトリバーには（獲物《えもの》を回収する）という意味があり、賢《かしこ》くて勇敢な犬種。だから現在では警察犬や盲導犬《もうどうけん》にも採用されている。

狩猟犬のフレッドは難なくキャシーに気をとられているクズリの後をつけてきていた。

キャシーは気の合わない、気まぐれで生意気《なまいき》な猫だが、ジジとアランに愛されている。であれば、命をかけて守るべき対象《たいしょう》、フレッドにはその思いがある。

それほどに、フレッドもジジとアランを愛していた。

クズリの後方でフレッドは突然うなり声を放った。驚いたのはクズリだ。今の今までフレッドの存在に気づかなかった。それほどに、フレッドの追尾《ついび》は巧《たく》みだった。

だが、「小さな悪魔」との異名《いみょう》をとる、どう猛なクズリだ。突如《とつじょ》現れたフレッドの姿に怯《ひる》む様子はまったくない。

突き当りの崖の壁の前には草は生《は》えていない。十メートル四方ほどの地面の上で二頭は対峙《たいじ》し、キャシーは近くの木に登り両者の対決を固唾《かたず》をのんで見守っている。

キャシーはフレッドのこんなにも恐ろしい顔を見たことがなかった。フレッドは闘《たたか》いの表情を見せ、本能のままに動いている。

クズリの姿を見れば、フレッドにも最強《さいきょう》の相手だということは分かる。長く尖《とが》った爪、鋭い牙、頑丈《がんじょう》そうな顎《あご》。命を賭《か》けなければ闘えない相手。

重心を低くすると鼻に深い縦《たて》じわを寄せ、牙をむき出し上目遣《うわめづか》いにクズリを見上げる。そして攻撃すべき弱点を見つけようと、クズリの周りをゆっくりと回る。

クズリもいつ攻撃されてもいいように、フレッドを睨《にら》みつけ身体の中心が常にフレッドの前面にくるように、慎重に体を移動させている。一触即発《いっしょくそくはつ》の緊張感《きんちょうかん》が辺《あた》りを包みこむ。

攻撃は突然のクズリの右腕の一撃から始まった。

その一撃を後ろに飛ぶことで難なくかわしたフレッドは、右へ回り込みクズリの左腰へ牙を打ち込もうとする。が、クズリの俊敏《しゅんびん》な動きにかわされた。

それでも連続して攻撃をつづける。その次の瞬間、クズリの鋭い右腕の攻撃がフレッドの予想をこえて伸びてくる。一瞬後方へと飛び下がるが、バランスを崩《くず》したフレッドの肩を、クズリの右手の尖《とが》った太い爪が浅く切り裂《さ》いた。

鋭い痛みが走り血が流れだすが、皮肉《ひにく》を浅く切り裂《さ》かれただけだ。闘うにはまだなんの支障もない。

クズリの得意とする攻撃に、樹上《じゅじょう》からシカなどに飛びかかり相手の頭部の急所をかみ砕《くだ》き仕留《しと》めるという方法がある。また自分より大型の獲物を仕留《しと》めるときなどは、相手の体に太い爪を打ち込んで絡《から》みつき、強力なあごの力で窒息《ちっそく》させる。

尖《とが》った太い爪や、強力な顎《あご》を利用する接近戦《せっきんせん》がクズリの得意とする闘い方だ。

接近すると勝ち目はない、そのことをフレッドは、右手の爪の攻撃で受けた傷からすでに学んでいた。フレッドは再び正面から飛びかかる気配《けはい》を見せる。

クズリは鋭い牙をむき出して応戦してくる。そのままお互いを威嚇《いかく》しながら、攻撃の糸口が掴《つか》めぬままのこう着状態がつづき、睨《にら》み合いにもどる。

小刻《こきざ》みに体の位置を変えながら、三分ほども睨《にら》み合っていただろうか……。それは樹上《じゅじょう》からこの闘いを見ていたキャシーまでもが、唖然《あぜん》とするような、あまりにも突然なクズリの行動だった。

急にフレッドに興味を失ったかのように、睨《にら》みつけていた視線を外《はず》すと、ぷい、とクズリがフレッドに背中を見せたのだ。そして森の奥に素早《すばや》く姿を消した。

フレッドもこの突然の態度変更に、茫然《ぼうぜん》としてクズリを見送るしかなかった。

背中を見せて去る敵を、追いかけて叩くようなことはフレッドはしない。またフレッドにとっても、このクズリの突然の変化は歓迎《かんげい》すべきものだった。

闘いをつづけていれば、負けていたのは自分だった……、それがフレッドの判断。そう判断できるほどに、フレッドは賢い犬だった。

一方、クズリの態度の豹変《ひょうへん》は野生の中ではごく自然なことだ。

生きるか死ぬかの飢餓《きが》の中での獲物《えもの》の取り合いであれば、クズリは決して敵に後ろを見せることはしない。それがグリズリー（灰色熊）であろうと、狼であろうと同じこと。

この果敢《かかん》さからクズリには「小さな悪魔」という凄《すさ》まじい異名《いみょう》がついている。

今日は以前嗅《か》いだことのある、自分の縄張《なわば》りに入り込んできた気に食わない猫の臭いを嗅《か》いだから、威嚇《いかく》が目的で追いかけてきただけ。

あんな小さな体、獲物《えもの》としても命を賭《か》けて取り合うほどの価値はない。クズリが途中で闘いを止《や》めたのは当然のことだった。

ましてや、クズリにすればまったく予想もしていなかった、フレッドのような自分より大型の生き物まで現れ、闘《いど》いを挑んできたのだ。

肉食獣《にくしょくじゅう》の獲物《えもの》としての基準《きじゅん》は、まず体の大きさ。

自分より体の大きな生き物は、一対一で狙う獲物の対象から外《はず》す。狩りに成功しても傷を負う可能性がある。

治療のできない野生で傷を負うことは、多くの場合、命を失うことを意味する。

危険の可能性が少しでもあれば、そこで狩りをやめる。それが野生での狩りの鉄則。だから安全に狩れる獲物《えもの》しか狙わない。

フレッドはふつうのラブラドール・レトリバーより一回りほど体が大きく、クズリ以上の大型。それがクズリを立ち去らせた最大の理由だった。

クズリが姿を消すとキャシーが木から降りてきた。そして感謝の意を示すべく、甘い鳴き声を出してフレッドに体を寄せてくる。

なんて現金な奴なんだ……、キャシーのことにかまっている余裕のないフレッドが思ったのは、たったそれだけ。一人残してきたジジのことが気にかかる。

フレッドは踵《きびす》を返すと全速力でジジのもとへと駆けていく。キャシーも同じ思いだ。フレッドの後を遅れずに駆けていった。

「この傷はクズリから受けたものかもしれないなぁ……」

そう手元をのぞき込んでいるジジに言いながら、アランは山小屋でフレッドの傷の手当てをしていた。この森で暮らしているのだ。アランはこの森に住む生き物のことは、すべて詳しく調べ上げている。

この鋭い深い爪の傷は、グリズリー（灰色熊）かクズリのものでしかない。もしグリズリー（灰色熊）であれば強力《ごうりき》の持ち主。この傷の程度では済まなかった。

傷を負っても、もともと生き物には自然治癒《ちゆ》能力が備わっている。さらに生き物の唾液《だえき》には、さまざまな酵素《こうそ》や抗菌作用《こうきんさよう》のある微生物《びせいぶつ》が含まれている。

生き物は怪我《けが》をすると傷口をなめるが、その行為は対処療法《たいしょりょうほう》としては理にかなっている。

だがフレッドの傷は思ったよりも深く舌の届かない場所にあった。放っておけばこの傷は化膿《かのう》し、命を失う傷になっていたことだろう。

その時の状況をジジに聞いたアランは、フレッドがクズリに襲われそうになったキャシーの窮地《きゅうち》を救った、と推測している。

キャシーのフレッドに対する態度がまったく変わったことがその証明だ。

今まではフレッドを無視していたキャシーが、自分たちにもわかるほどに、フレッドに深い親愛の情を見せるようになっているのだ。

それにしても……、とアランは思う。

知性《ちせい》とは、論理的《ろんりてき》に考え判断する能力。彼は生き物の、うかがい知れぬ知性を、キャシーとフレッドの関係を通して感知していた。

キャシーとフレッドの仲は決していいものとは言えなかった。だからジジとアランの存在がなければ、フレッドはキャシーと無関係。キャシーを助けることなど決してなかった。

だがフレッドはこんなに深い傷を負いながらも、命がけでキャシーを守っている。

そこにはジジとアランへの愛情を中心にした生き物の感情、そして知性が間違いなく存在している、アランはフレッドを治療しながらそう思っていた。

森の生活は、アランにとってより深い思想を抱《いだ》かせる学《まな》び舎《や》となり、その中で生まれる数々の出来事や変化は、新しい知識をアランに与えるものになっていた。


アランは暖炉《だんろ》の前で、揺《ゆ》り椅子《いす》にゆられて本を読んでいたが、ふっと目を閉じると、時折入《はい》りこむ回想《かいそう》の世界に身をゆだねた。

先ほどまで、キャシー、フレッドと遊んでいたジジは、二人を連れて寝室に行った。最近は、キャシーもフレッドも仲良くジジの部屋で寝るようになっている。

森も静寂《せいじゃく》の中で深く寝入っているようだ。時々フクロウの声が遠くで聞こえる。

何物にも邪魔されない静けさの中で、アランは時々こうして回想《かいそう》の世界で時を過ごすことがある。こうした時、主に姿を現すのがマリアンヌの父親、クロードだった。

それは当然のこと。クロードがいなければ、ジジと暮らす今の森の生活はなかった。

そしてクロードから聞いたマリアンヌの話、ジジの話。それらのすべてが、今のアランの生活に深く影響をおよぼしている。

クロードが、涙ながらに語ってくれた遺書《いしょ》を携《たずさ》えて訪《たず》ねてきた、幼いジジとの最初の出会い、マリアンヌにまつわる色々な話には、言葉の一つ、一つが、今もまだアランの胸に深く響《ひび》いている。

中でも、マリアンヌの生き方を通して、そして彼女の死によって教えられた、というクロードの後悔《こうかい》にうち震《ふる》える話の中では、その一言《ひとこと》、一言《ひとこと》が、思いを同じにするアランの胸をするどく抉《えぐ》っていた。

アランのこの深夜の回想は、いつもと比《くら》べて少しだけ長いものになっている。

それは、クロードが暮らしていた世界へと、クロードが涙ながらに語ってくれた世界へと、そしてアランが悩みぬいた挙句《あげく》、新しい世界へ旅発《たびた》つことを決めた三か月前の、あの時へと一気にアランを連れもどしていた。

第三章　森の奥へ

炊《た》き出しをする機会が以前に比《くら》べてかなり増えたような気が、クロードにはしている。新聞やテレビで貧富《ひんぷ》の格差が、また一段と広がった、と騒いでいる。

貧しい人々への日々の炊《た》き出しに追われているクロードには、そのことがひしひしと肌で感じられる。

貧しい者に背を向けて、保身のみを考え、惰眠《だみん》をむさぼっている為政者《いせい》には怒りを禁じえないが、自分の仕事は貧しい人々に寄り添うことだとして、一日一日を寡黙《かもく》に生きている。

クロードは今日も貧しい人々への炊《た》き出しに余念《よねん》がなかった。その夕食の炊き出し仕事に、今日もやっと一段落がついた。

教会の地下にある自室にもどると、いつものように小さな暖炉《だんろ》の上に飾《かざ》られている写真につぶやくように挨拶《あいさつ》する。

（ただいま、マリアンヌ……、今日も一日無事に終わってくれたよ……）

この一人娘への挨拶《あいさつ》は、マリアンヌが家を出てから八年もの間つづいている小さな儀式。

クロードには家を出た娘のことを気づかわない日はなかった。

紅茶を飲もうとお湯を沸《わ》かしている時だった。

修女《しゅうじょ》（修道女）の一人が幼い女の子の手を引いて連れてきた。

「牧師《ぼくし》様、この子がおじいちゃんに会いたいと言って訪《たず》ねてきましたが、どう致しま……」

彼女がすべてを言い終わる前に、クロードは驚愕《きょうがく》の表情を見せながらも、女の子を抱きしめていた。

その子の顔を見た瞬間《しゅんかん》、クロードにはその子が誰かを瞬時《しゅんじ》に理解できたからだ。

それは一日として忘れたことのない、マリアンヌの七つの頃の顔と生き写しの顔だった。

クロードは驚きの表情を消すと、冷静にそして念のために女の子に名前を聞いた。

「わたしはジジ、長い名前はジゼル・ハドン……。牧師様はわたしのおじいちゃんなんですか……？」

あどけない顔で聞いてくるその問いに、クロードはさらに強く抱きしめることで答えた。

クロードには七つの時のマリアンヌが、突然に帰ってきたようにしか思えなかった。

ジジは抱きしめられながら、小さなポシェットから大事そうに手紙を取り出すと、

「これ、ママからのお手紙……」

そう言ってクロードに手渡した。

その時初めてジジは祖父《そふ》の頬《ほお》を伝う涙を見た。それは言い知れぬ不安をジジに与えていた。そしてその不安は、

（ママはおじいちゃんに連絡をしていなかった……）

という強い不安に繋《つな》がっていた。

里帰りのことを母親から聞いたあの不自然さが、今度は不安という黒い雲になってジジの周りを色濃《こ》くただよっている。

クロードは渡された一行だけの手紙に目を通した。よくわからない手紙だ。

ジジに聞いた、なぜ一人でオタワまできたのか……？と。おじいちゃんとそういう話になっていると母親に言われた……、とジジはありのままを伝えた。

この八年の間、マリアンヌとは音信不通《おんしんふつう》の状態。ここに至ってようやくクロードは気づいた、この一行だけの手紙はマリアンヌの「遺書《いしょ》」かもしれない、ということに。

マリアンヌになにが起こったのか知る術《すべ》はない。この様子だとジジも母親の状態を知らないようだ。

しばらく考えていたクロードは、

「ジジ、おじいちゃんはママに早く会いたいと思っている。ママを迎えに行こうと思っているが、ジジはどうする……？もし疲れていたら、この部屋で休んでいなさい、ママを連

れてくるから……」

その言葉にジジは即座《そくざ》に答える、

「ジジも迎えに行く……！」

黒い雲の不安は、ジジの心いっぱいに広がっていた。ここで待っているなんてことは、とてもじゃないができない。

クロードは炊き出し用の食料を運ぶ、中古のステーションワゴン（荷台を広くするために後部座席が倒せる車）を車庫から引っ張り出すと、トロントに向けてアクセルを踏み込んだ。

（生きていてくれマリー……、生きていてくれマリー……）

マリアンヌの愛称を呼びつづけながら、それだけを念じてクロードは車を飛ばした。八年目にやっと訪《おとず》れた娘との再会、その再会で娘の死に顔などなんとしても見たくはない。

助手席に座っているジジは、いつしか寝込んでいた。無理もない。朝バスでトロントを出て、また夜にトロントへ向けて走る車に乗っているのだ。七つの子には辛すぎる旅。

クロードはジジの両手が祈《いの》るように組まれているのに気づいた。

（なんという感の鋭い子なんだ……、母親の様子に気づいて無事を祈っている……！）

クロードはジジの七歳とは思えない感性の鋭さに舌を巻くと共に、ジジの決して楽じゃなかった、今まで歩いてきた日の陰《かげ》った道が見えるような気がした。

その日の真夜中《まよなか》、二人はアパートの部屋の前に立っていた。

ジジがカギを使って開けようとした。が、ドアは施錠《せじょう》されていなかった。二人は部屋に入った。寝室だけに明かりが灯《とも》っている。

ベッド脇の椅子に誰か座っている……。

それはアンおばさんだった。アンおばさんは入ってきたジジを見ると、両手を広げて抱きしめた。泣きはらした目が赤くなっている。

「ごらん、ジジ……、お母さんの最期の顔だよ……」

そう言ってジジをベッド脇へと押しやった。

（きれい……、ママはこんなにきれいだったんだ……）

それがジジの亡き母親の顔を見た時の、素直《すなお》な最初の思いだった。ジジは不思議な感覚に陥《おちい》っていた。

こんなに幸せそうな、きれいな母親の顔をジジは見たことがなかった。ジジの知っている母親の顔は、弱々しそうな笑み、そして思いつめたような顔しかなかった。

そう思うジジの目に涙はなかった。それどころか、

（やっとママは幸せになれたのかもしれない……）

その不思議な感覚は、ジジの心にその思いをもたらしていた。が、次の瞬間、ジジにまったく別の思いが湧き上がってきた。それは、

（ジジはこの不幸な世界に、一人置いていかれたのかもしれない……）

という悲しい思いだった。が、ジジは小さな唇を噛んでその思いを呑み込んだ。

そのジジの母親との最後の別れを背後で見ていたクロードが、明かりのとどかない陰《かげ》の部分から姿を現した。

アンおばさんは、父親クロードの話はマリアンヌから聞いていた。この人物がクロードだということは、成り行きから推測《すいそく》できていた。

彼女はクロードに場を譲《ゆず》った。彼はただ黙ってマリアンヌの顔を見つめたまま、枕元に立ち尽くしていた。その目に涙はなかった。

涙を流すには、あまりにも悲しすぎる再会だった。彼は静かに、

（やっと、やっと会えたな、マリー……）

そう心の中でささやきかけて、冷たくなった彼女の額《ひたい》に口づけをした。

アンおばさんは台所に行くと、温かい紅茶を四人分用意した。一人の分はマリアンヌの枕元のサイドテーブルに置いた。

「ジジが朝出ていったきり、部屋の出入りの様子がないものだから、気になって一時間ほど前にマリーの様子を見にきたんですよ……、カギは預かっていますからね……」

そう言いながら、事《こと》の経緯《けいい》をアンおばさんはクロードに語って聞かせた。サイドテーブルの上に睡眠薬の多数の空き瓶《びん》がころがっていた。睡眠薬で死を迎えたのだろう。

クロードは、さすがに眠そうにしているジジを彼女の寝室に連れて行った。そしてアンおばさんにふたたび向き合うと、マリアンヌの生前の様子を二時間ほど聞き取っていた。

低い声でボソボソと話していたアンおばさんの話は、次の言葉で終わった。

「彼女は私を救ってくれました。マリアンヌは私にとって、本当に天使のような人でした……」

貧しい人々に長年《ながねん》寄り添ってきたクロードの人を見る目には鋭いものがある。アンおばさんのように社会の底辺を這《は》いずり回ってきた人が、一度改心すると普通の人よりも数段強い人間に生まれ変わる、そしてそういう人は決して嘘をつかない。

アンおばさんの言葉は、クロードの思っていたことを裏付けるものになっていた。マリアンヌは、困窮《こんきゅう》の中でも教えられたとおりの生き方をつらぬいていた。

周りの色が白く薄ぼんやりと変わってきた。すでに夜が明けかかっている。

クロードはアンおばさんに丁寧《ていねい》に礼を述べると送り出した。

独りになったクロードは、最初に読んだ時、なぜか気になった一行だけの遺書《いしょ》を、冷たくなった紅茶を飲みながら読み返してみた。

「パパごめんなさい、ジジをお願いします……。ジジに靴を買ってもらえませんか？」

最初の文章が次の文章に繋《つな》がらない。それが気になった原因だった。

しばらく考えていたクロードは、ようやくその違和感《いわかん》に思いが至った。

書きたいことは山ほどもあったのだ。が、どうしても自分の思いを書ききれない。その結果が、最も気になることだけを書いた、それがこの違和感《いわかん》の残る遺書になったのだ、ということに。

(子供用の靴なんて安いものだろう。それが一体どうしたというのだ……？)

そう思ったクロードは怪訝《けげん》な面持《おもも》ちで、靴を見るためにジジの寝室に行った。

マリアンヌに似てきれい好きなようだ。ベッドの下には小さな靴もちゃんとそろえて置いている。

クロードは何気《なにげ》なくその靴を手に取ってみた。爪先《つまさき》の所が擦《す》り切れて小さな穴が開いている。

クロードは、まじまじとその穴を見つめていた。

つぎの瞬間、彼自身まったく予想もしていなかったことが起きていた。

娘の死に顔を見た時でさえ出なかった涙が、ボロボロと大粒の涙となって吹き出してきたのだ。

こんな安い靴さえ買えなかった、娘の生前の困窮《こんきゅう》を、この擦《す》り切れた小さな穴を通して、クロードは今、まざまざと見せつけられていた。

娘は自分でさえ知らないような貧しい世界で生きていた。そしてその生き方を強《し》いていたのは、他《ほか》ならぬ自分だったということに、クロードはようやく気づかされたのだ。

アンおばさんが言うように、マリアンヌは天使のような生き方をしていた。が、その代償は、父親の教えのせいで途轍《とてつ》もなく高いものについていた。

その結果が、子供にこんな安い靴までも買えないような境遇《きょうぐう》で、死ぬ最期の日まであがき苦しんでいた。そして幼いジジまでもがその境遇《きょうぐう》に落とされていた。

七つのジジが歩いてきた道、一度も陽《ひ》のささぬ道……、だったに違いない。

マリアンヌにとっても、そんな道を幼い我が子に歩かせることは、我が身を切られる以上に辛かったはず。

それでも父親である自分の言いつけを、頑《かたく》なまでに守って生きていたマリアンヌ。

そしてそのことのために、死んでも死にきれない思いを残して逝《い》った。娘はどんな思いでこの一行だけの遺書を書き残したのか……？

娘のその苦悩に満ちた心情を想うクロードは、穴の開いた小さな靴を固く握りしめたまま、自分の未熟さに、そして賢《さか》しら顔で人々に説教をしてきた、今までの生きざまに、言葉もなく、ただ呆然《ぼうぜん》と立ち尽くすしかなかった。

そして、陽《ひ》のささぬ道、しか知らないジジを、一人残して逝《い》ったマリアンヌの切《せつ》なさに思いを馳《は》せると、どれだけ耐えても、どれだけ耐えても、クロードには次から次へとあふれ出てくる涙を抑《おさ》えることはできなかった。

ジジが起きてきたら、手厚く葬《ほうむ》るためにマリアンヌを連れてオタワに帰る。

その前に靴屋に寄ってジジの新しい靴を買って帰る。そのための寄り道であればマリアンヌも許してくれるだろう……。

「渇《かつ》しても盗泉《とうせん》の水を飲まず」という古来からの教えを引き合いに出して、きびしく盗みはいけないこと、と幼いころからマリアンヌには教えてきた。

クロードは、訳知《わけし》り顔に幼い娘に説教していた、そんな自分に今、心が激しく震えるような、心の奥底からわき上がる憤怒《ふんぬ》を感じている。

顔を涙でくしゃくしゃにしたクロードは、車のハンドルを握りながら、心の中で娘に謝りつづけている、

（マリー、苦しかっただろう……、本当に苦しかっただろう……、パパを許してくれ……。

お前が生きるためだったら、盗泉《とうせん》の水なんていくらでも飲んでよかったんだ……、ごめんよ、マリー……、本当に、本当にごめんよ……)。

アランが取引先との昼食を終えて病院に帰ると、執務《しつむ》デスクの上には一通の手紙が置かれていた。封筒の裏を見た。

差出人はマリアンヌ・ハドンとなっている。一日に平均すれば二桁《ふたけた》の面会者と会うような多忙《たぼう》さだ。一々名前など憶《おぼ》えてはいられない。

ビジネスレターはすべて秘書が処理する。ただこの手紙は手書きになっている。秘書が気をきかせて処理をアランに任せたようだ。

アランは手に取った封書の封も切ることなく、興味なさげに机上《きじょう》に放りだした。午後二時から予定されている重要な会議に、もう十分も遅刻している。

彼は腕時計をのぞきこむと、急ぎ足で院長室を後にした。

色々な雑務からアランが解放され、院長室に戻ってきたのはすでに午後八時を回っていた。机の上には昼間手にした封書が、そのままポツンと残されたまま。

アランは何気《なにげ》なしにその封書をつまみ上げると、疲れ切った体を牛革《ぎゅうかわ》のソファーに沈めると封を切った。

目に入ってきたのは、

「お借りした大切なお金、返せなくなりました。どうか、どうかお許しください……」という一行だけの文章。

この一行で、ようやく三日前に一万ドルを施《ほどこ》してやった、マリアンヌ・ハドンという名前の掃除婦をアランは思い出していた。

(たしか一万ドルをくれてやった掃除婦の名前だ。くれてやった金だ……、なんでまたこんな手紙などを、わざわざ……?)

アランに浮かび上がってきた思いは、たったこれだけのもの。アランはまた面倒《めんどう》くさそうに、手紙をテーブルの上に放り投げた。

その日の夜のこと。

閑静《かんせい》な高級住宅地の一画《いっかく》にある広大《こうだい》な屋敷《やしき》。

アランは分厚《ぶあつ》いカーテンに閉ざされた寝室のベッドの中で、目を見開いていた。体は綿のようにボロボロに疲れているのだが、なかなか眠りが落ちてこない。

昼間見たあの手紙の所為《せい》だった。

掃除婦とは思えない理知的《りちてき》で端正《たんせい》なあの顔が、なぜか脳裏《のうり》から消えていかない。そしてサンドイッチを盗んだ……と言って、腰から崩《くず》れるようにして詫《わ》びてきたあの様子。

手紙にも、返金できなくなった、と詫《わ》びの言葉しか書かれていなかった、あの金はくれてやったにもかかわらずだ……。

なぜこうも彼女のことが気にかかるのか、アランにも見当《けんとう》がつかない。彼女が今まで出会ったことのない種類の人間だったからなのだろうか？

（たかが少し話を交わしただけの掃除婦風情《ふぜい》に、こんなに気を取られるとは、だらしがないぞ、アラン……！）

そう自分を叱咤《しった》して眠ろうとするのだが、そうするほどに目がさえてくる。こんな経験、今までにないことだ。

しばらく考え込んでいたアランは、とうとう体を起こすと寝室の灯《あか》りをつけた。

（仕方がないなぁ……、明日の予定をすべてこなした後で、彼女の所に行ってみるか……）

そうつぶやきながら眠れない自分に折り合いをつけると、チーク材のサイドテーブルから寝酒用《ねざけよう》のブランディーをとり出した。

そしてグラスに半分程注ぐと、あおるように一気に飲み干した。これでじきに眠りが落ちてくるはずだ。

「コツコツ、コツコツ……」

アランはマリアンヌの部屋のドアを控えめに叩いていた。時刻は午後十時を少し回っている。急にできた用事が数件あり、病院を出るのが遅くなった。

ドアを叩くと間もなく隣室のドアが開き、アンおばさんが顔を出した。

アンおばさんは立っているアランを、下から上まで、すくい上げるようにして見ると、

「あんた誰だい、こんな時間に……？」

と怪訝《けげん》そうに聞いた。

「アラン・ロスと申します。医者をしています。少しマリアンヌさんに用事がありまして……」

その返事に、彼女はアランをしげしげと見つめなおした。そして、

「中へお入《はい》んなさいな、どうせその部屋にはもう誰も住んじゃいないから……」

と、無表情にそう言いながら、自分の部屋のドアを大きく開けた。

中へ入ってきたアランに食卓テーブルの椅子をすすめると、

「コーヒーかい、紅茶かい……？」

と彼女は聞いた。

マリアンヌがいないのなら、アランはこの場を早く立ち去りたかった。が、なぜかは分からないが、それを許さない雰囲気《ふんいき》が周りには醸《かも》し出されていた。

アンおばさんはコーヒーをアランの前に置くと、

「あんたの名前はマリーから聞いていたよ……」

という言葉から、突然話を切り出してきた。

その声はささやくような低い声だった。見ず知らずの中年女性からそんなことを言われても、アランに返せる言葉があろうはずもなかった。

「彼女はどこへ行ったんですか？」

答える代わりに、さっきから気になっていたことをアランは聞いた。

「マリーはね……」

そう言うと、一息ついてつづけた、

「マリーは、順番を間違えてさ、あたしより先に逝《い》っちまったよ……、あたしの娘と同じくらいの歳《とし》なのにさぁー……」

「なんですって……、死んだ……？そんなはずはない、だって三日前に私は元気な彼女と会っている！」

アランは即座《そくざ》に、思わず声を張って彼女の言葉に反駁《はんばく》していた。それほどにアンおばさんの言葉はアランにとって意外なものだった。

そのアランに、アンおばさんの言葉は続く、

「こんなこと、冗談《じょうだん》で口に出せることだと思うかい……？　そうだよ、あんたと会ったその日までは元気だったさ。でもその翌日、マリーは死んだんだよ。いや、ころされた……、と言った方が正しいのかもしれないねぇ……」

　彼女から吐き出される言葉の一つ、一つ、が徐々《じょじょ》にアランの心地《ここち》を不安なものに変えていく。さらに彼女の話はつづく、

「あんたがどれほどの人間かは知らないが、余計《よけい》なことをしてくれたもんだ……。あたしたち貧乏人にはね、ほんの少しのいたわりさえあれば、もうそれで十分なんだよ……。特にマリーは牧師の娘だった、多くを求めることは、これっぽっちもなかった……」

　それまで遠くを見るようにアンおばさんは話していたが、この時きびしい視線をアランに向けると、

「あんたら金持ちには分かっちゃいないだろうけど、貧乏人にはね、〝ほど〟というもんがあるんだよ。〝ほど〟を過ぎると絶望《ぜつぼう》しかなくなる。マリーは絶望《ぜつぼう》を見たんだ、あんたが大金をマリーに施《ほどこ》した所為《せい》で……」

　そこで一息つくと彼女は、怒気《どき》をふくんだささやくようなかすれ声をアランに、切りつけるように吐き出した。

「そして死ぬしかなくなった……、あんたが、あんたが、マリーをころしたようなもんだ

……！」

そう言うと、アンおばさんは大家があの日、マリアンヌからアランの金を持ち逃げした様子、そしてそれがもとで、その翌日に、彼女が自死したことまでを語って聞かせた。

アランは声もなく、ただ耳をかたむけ肩を落として立ち尽くしている。

彼女が言っていることをすべて認めているわけじゃない。でも彼女の言葉に抗《あらが》う気持ちにもなれなかった。

言葉のある部分がアランの心をするどく突き刺していたからだ。

話が終わると、アランは無言でアンおばさんに頭を下げて立ち去ろうとした。その時だった、アンおばさんが最後の言葉をアランの背中に投げつけたのは、

「あんたに一万ドルを借りてアパートに帰ってきた日の夜中《よなか》、その金を大家に持ち逃げされた後だった。それでも彼女は本当に幸せそうな顔をしてあたしに言ったんだよ……、おばさん、あたし今日初めてキリスト様にお会いできました……ってね」

アンおばさんは、ここではじめてエプロンで顔をおおった。

アンおばさんの最後の言葉を背中で聞いたアランは、いたたまれない気持ちになっていた。無言で肩を震わせるアンおばさんを残したまま、アランはまるで逃げるようにして、足早に部屋を出ていた。

訪《たず》ねる前には、どういう生活をしているのか……？ここまで気に懸《か》かるのだ、場合によっては少しくらいであれば、さらなる施《ほどこ》しをしてやってもいい……、そういう思い上がった気持ちがあった。

今は途轍《とてつ》もなく重い荷物を背負《せお》わされた気分だ。そしてその気分は時が経つにつれ、ますます重いものになっていく。

アンおばさんの話を通して、アランはマリアンヌの実相《じっそう》を正確に理解していた。

彼女は篤《あつ》い信仰心《しんこうしん》に支えられて暮らしていたのだ。それが分かると、彼女のとった行動の一つ、一つ、が腑《ふ》に落ちてくる。

サンドイッチを盗んだと言って、腰から崩れるようにして謝ってきた態度、あげると言ったのにも関わらず、返済すると言って施《ほどこ》しを受けようとしない態度、そして返済できなくなったと、必死で手紙で謝罪する態度、そのどれもが一方向を示している。

困窮《こんきゅう》のどん底にあるにもかかわらず、施《ほどこ》しは与えても、誰からも施《ほどこ》しは受けない、そして誰にも迷惑をかけないような生き方を、自《みずか》らにきびしく課していたマリアンヌの姿。

それは尊《とうと》いとも言えるほどの潔《いさぎよ》い生きざまだった。

金を彼女にくれてやった後の、彼女の安堵《あんど》した様子、それを眺《なが》めてアランに生まれた満足感の感触《かんしょく》も、まだはっきりと覚えている。

その感触と共に心の中に浮かび上がってきた、

（一万ドルでこういう思いをさせて貰えるなんて、安い買い物だった……）

彼女を金銭の価値で測《はか》ったような、この感覚もまた鮮明に覚えている。

マリアンヌは金の価値で測《はか》れるような、そんな存在じゃなかった。

そのマリアンヌに対して、金の価値だけで対応した己《おのれ》の卑《いや》しい心根《こころね》に、今は耐えられないほどの嫌悪感《けんおかん》がアランの中に生まれていた。

アランは感性の研《と》ぎすまされた男。その鋭い感性が、後悔という名の槍《やり》の穂先《ほさき》となって、鋭い痛みとともに彼の心臓をつらぬいている。

今までの人生でも記憶にないほどの激しい悔《く》いと葛藤《かっとう》にゆさぶられ、どのようにして帰宅したのかも、アランの記憶にはない。

それほどの衝撃《しょうげき》を、彼はアンおばさんの話から受けていた。そしてその衝撃《しょうげき》は、時の経過とともに、さらに深くなっていく。

灯《あか》りもつけずに自宅のソファーに体を沈めると、そのままの姿勢でアランは深く、深く頭を両手で抱《かか》え込み、

（僕がキリスト……、僕がキリスト……、この僕がキリストだってぇ……？）、
話の中でもっとも衝撃を受けた、マリアンヌが発したその言葉を、アランは何度も、何

度も心の中でつぶやいていた。

三日前の五分ほどの、わずかな時間に起こったことだった。

なぜかしら、あの時のマリアンヌの涙ながらに詫《わ》びている顔、腰から崩れ落ちた姿、そして金の入った茶封筒を握りしめて、わずかに見せた嬉しそうな笑み、それらが鮮《あざ》やかによみがえってくる。

あの翌日に彼女は自死したのだ。もしあの日、あの金を渡していなければ、アンおばさんが言ったように、マリアンヌは間違いなく今日も生きていた。

そのことを思うと、そしてあの五分間の中で見せた、困窮《こんきゅう》の中で必死で生きていたマリアンヌの、あの姿を思うと、激しく心をゆさぶられる。

そのゆさぶられている心は、アランがかつて持っていた、他人を思いやる「善《ぜん》の心」だった。確かにアランには、かつてはその「善《ぜん》の心」が宿《やど》っていた。

この十数年、彼は利益を上げるために事業に没頭《ぼっとう》してきた。金もうけに「善《ぜん》の心」は邪魔《じゃま》になるだけ。

気がつくと、その心は見えないほどに遠くへと追いやられていた。

自分の周りには同じような人間が集まっていた。すべてが利益で結ばれた間柄《あいだがら》。そこにはやさしさもなければ、互いへの信頼もない人々の群《む》れがいた。

嫌《いや》なものを見るような目つきで、そういう輩《やから》をながめていた。やがてアランは気づいた、彼らは自分を映《うつ》す心の鏡《かがみ》だった、ということに。

鏡《かがみ》に映《うつ》った嫌《いや》な姿は自分自身だった。

その思いを通して、アランに様々《さまざま》な思いが湧き上がってきた。それらが長い眠りから目《め》覚《ざ》めた、アランの「善《ぜん》の心」を揺《ゆ》さぶってきた。

大きな衝撃《しょうげき》は今までにも何度も受けてきた。が、今回の無垢《むく》なマリアンヌの死は、それらとは比べものにならないほどの衝撃《しょうげき》。

しかも自分の行いが、結果として彼女を死へと導いている。アランの受けた心の傷は、筆舌《ひつぜつ》に尽くしがたいほどに深いものになっている。

マリアンヌのあの日の五分間に、わずかに見せた嬉《うれ》しそうな笑み、心の奥底に刻《きざ》みこまれている。終生《しゅうせい》忘れられない笑みになるだろう。

アランは翌日病院を休んだ。そして次の日も、そしてその次の日も……。

アランはこの十年、病院を休んだことは一日としてない。そのアランが結局十日間を病欠した。実弟のトーマスが十一日目にアランの自宅を訪ねた。

アランは十二年前に妻を航空機事故で失っている。

娘が一人いる。娘ジュリーは、母親似《に》の利発でやさしい子だった。金と権力にまみれた父親の生き方に愛想《あいそ》をつかして、母親が亡くなって間もなく家を出てしまった。国境なき医師団のメンバーとして、今はもう十年余りも東南アジアのマレーシア領ボルネオ島で暮らしている。

アランは誰とも会いたくない……、と言って、病院の職員が自宅に訪《たず》ねてくることをも拒否《きょひ》していた。

トーマスは情の深い弟だ、病院経営の路線が異《こと》なるとして、決して仲がいい兄弟とは言えない。が、実の兄に対しては肉親としてのやさしい情を持っている。一人で住んでいるアランを、十日以上もそのままにしておくわけにはいかない。トーマスはアランの指示を無視して彼を訪《たず》ねていた。

トーマスはアランを見て驚いた。髪の手入れはせずに、ひげも伸び放題《ほうだい》。満足なものも口にしてはいないのだろう、あのふくよかな体が一回りほど痩《や》せて小さくなっている。

トーマスは急いで病院に連絡して看護師を呼び寄せると、二人して細々《こまごま》とアランの世話を焼いた。アランはそんなトーマスを、無言のままじっと見つめていた。

アランとトーマスの目が偶然《ぐうぜん》に交差した。トーマスの見たアランの瞳《ひとみ》には、なにかは分からないが今までに見たことがないような、得《え》も言われぬ光が宿《やど》っていた。

「だめだよ、医者のくせにこんな不養生《ふようじょう》をしていちゃぁー……」

アランはトーマスのやりたいようにさせ、彼のやさしい叱り声をただ黙って聞いていた。

アランが病院にもどったのは。それから二日後のこと。

最初にやったことはトーマスを院長室に呼ぶこと。そして開口一番、

「この病院はお前に任せる、好きなように経営すればいい……」

という言葉を告げた。あまりの驚きに、唖然《あぜん》としてアランを見つめるだけのトーマスを後にして、アランはいつもの急ぎ足で病院を出た。

事務局長のフレッドと総看護師長のキャシーがいれば病院は問題ない。

フレッドに関しては病院経営に関しても優秀だ。アランがそう育ててきている。トーマスの頼りになる右腕になるはずだ。

カルガリーの病院誘致《ゆうち》は水に流す。トーマスにかける負担は軽い方がいい。

「医《い》は仁術《じんじゅつ》」という医業本来の道に立ち返っても、ロス総合病院がゆらぐことはない。財《ざい》務基盤《むきばん》は強固にしている。

アランにはまだ、二、三、やることが残っている。それに片《かた》がつけば、このトロントを離れるつもりだ。

マリアンヌの汚《けが》れを知らぬ気高《けだか》い生きざま、そしてアンおばさんを通して初めて知った、彼女の言葉がすべてを変えた。

医を志《こころざ》す者の最初の動機は「仁術《じんじゅつ》」。さまざまな曲折《きょくせつ》を経てそれがいつしか「算術《さんじゅつ》」へと変わってしまう者もいる。

アランの場合、最愛の妻を航空機事故で亡くしたこと、そして娘ジュリーとの離別が、「算術《さんじゅつ》」への生き方に拍車をかけたような気がする。

そのうち、いくら利益を上げても、その生き方を変えられなくなった。無意識のうちに目的がないままに金をもうけるためだけの生き方に変わっていた。

それは欺瞞《ぎまん》に満ちた生き方。その欺瞞《ぎまん》に満ちた男を、無垢《むく》なマリアンヌは「キリスト様……」と思ってくれた。

その彼女の思いは、アランに七転八倒《しちてんばっとう》するほどの耐えがたい痛みをもたらしていた。その言葉に値《あたい》しないことは、彼自身が一番よく分かっている。

だが無垢《むく》なマリアンヌは、アランの中に、アランも気づいていない、なにかを見ていた。

その彼女の言葉と困窮《こんきゅう》にも毒されなかった彼女の生きざまが、欺瞞《ぎまん》の中で作り上げていたアランの世界を微塵《みじん》に打ち砕き、新しい季節への旅立ちをうながしていた。

色々な考えを幾度も、幾度も重ねた挙句《あげく》、アランは誰も知らない、どこか遠くの地で、一人で新しい季節を迎えるつもりでいる。

もし本当にマリアンヌが見たそんな自分が、自分の中にいるのなら、彼女が見ていたその自分を見てみたい、そういう思いも新しい季節へとアランを誘《いざな》っていた。

だがその前にやることがある。

病院を出たアランが次に向かった先は、大家《おおや》ニューマンの家。

ニューマン・ハウスから二ブロック先にニューマンの家はあった。さすがに冷酷《れいこく》な金の亡者《もうじゃ》に似合った立派な家。ドアを叩くと不機嫌《ふきげん》そうな顔をした男が姿を見せた。

仕立てのいいスーツを着たアランを見ると、ニューマンの顔は一変し卑屈《ひくつ》そうな笑みを浮かべた。こういう輩《やから》は外見でしか人を判断できない。

「マリアンヌの家賃《やちん》の差額分《さがくぶん》を返してもらおうか……！」

なんの前置きもなく、静かにアランは用件を切り出した。

言《げん》を左右《さゆう》にして簡単には返さないだろうと思っていたが、ニューマンはあっさりと差額分の九千百ドルを持ってきた。ずる賢《がしこ》い人間は人を見る目を持っている。その目がアランに嘘《うそ》は通用しないと即座《そくざ》に判断したのだろう。

彼女の大事な金を持ち逃げした男だ。アランは強盗《ごうとう》の罪でニューマンを刑務所に送ろうと、一時は考えた。

弁護士に指示して罪に問うことは簡単だ、アンおばさんという証人もいる。が、それでマリアンヌが喜ぶか……？と考え直した時、彼女は悲しむかもしれない、という考えに変わった。

どういう人間に対してでも彼女はやさしかった、とアンおばさんに聞いている。この世を去ったとはいえ、もうどんな悲しみも彼女には味わわせたくない。

こんな生き方をしている男だ。遅かれ早かれ、いずれきびしい裁《さば》きが天から下《くだ》される……、そう考え直したアランは、彼女のために彼の今回の罪は不問《ふもん》に付《ふ》した。

マリアンヌが亡くなって二週間ほどが経っていた。

次に訪《おとず》れたのは、マリアンヌの父親クロードのオタワの教会。娘のジジに差額分の九千百ドルを渡す必要がある。ジジが正当な受取人だ。

ここでアランは思いがけなくも、孫娘ジジのことで深刻に思い悩む、マリアンヌの父親クロードの姿を見ることになった。

ジジが学校に行くことを拒否しているのだという。

今までジジは、どんないじめにも平気で立ち向かっていた。母親のマリアンヌが周りの人にいじめられているのをジジは見ていた。でも母親の姿はいつも毅然《きぜん》としていた。その姿がジジを強くしていた。どんないじめにあってもジジは平気だった。

だが母親の死後、トロントから転校してきたオタワの小学校で、ジジは嘘《うそ》をつくようになっていた。母親のことを聞かれると、

「ママはいまお仕事で遠くへ行っているの……」

と答えるようになった、というのだ。余りの悲しさに母親の死に向き合えなくなったジジは、本当にそう思おうとしていた。

だが真実はいつまでも隠せない。母親の死はやがて知られることになる。悲しいことにどこに行っても弱いものをいじめる、卑怯《ひきょう》でつまらない子供たちは近くにいる。

「やーい、お前のママは死んだんだよ、うそつきー……」

声をそろえて言ういじめっ子のその言葉には、大人に対してでも立ち向かって行ったジジだったが、うつむいて涙ぐむしかなかった。

それからだ、ジジが登校を拒否《きょひ》するようになったのは。

家に居るときも、しばらく姿が見えないので探すと、

（ママ、ママ……、どうしてジジを一人にしていったの……、どうして……？）

と、小さくしゃくりあげながら物陰《ものかげ》に隠れて泣いている。

母親のいない深い悲しみが、時をおいてジジを深くおおっているようだ。母親の突然の死にまだ向き合えずにいる。

幼い心でずっと耐えてきたマリアンヌとの生活だった。

気丈《きじょう》な子だと思っていたが、考えてみればまだ七つ。母親を恋しがって泣くのは当たり前のこと。母親の死でやっと普通の子供にもどれたのかもしれない。

どうすればジジの悲しみを和《やわ》らげられるのか……、それが分からない。クロードは不憫《ふびん》な孫娘の姿に真剣に悩んでいた。

アランがクロードの教会を訪《おとず》れたのは、そういう日々の中だった。

自己紹介は必要なかった。アンおばさんに聞いたことのすべてを、アランはクロードに語るだけでよかった。

そしてマリアンヌの言葉で、自分の人生が変わったことを。その結果、新しい世界に向かって旅発《たびた》つことを。

人を導《みちび》く立場の自分でさえ、マリアンヌには多くのことを教えられていた。そのことを語るアランの言葉の一つ一つが、沁《し》みこむようにクロードの心には届いていた。

クロードからジジの話を聞いたとき、今泣き暮らしているジジの心が、なぜかアランの心に深く沁み入ってきたような気がした。

取り返しのつかないほどに大事なものを失ったと思う、そのジジの心は、それはまたアランの心でもあった。

「ジジに会わせてもらえませんか……？」

アランはクロードに、そう願った。

一度は渋《しぶ》ったクロードだった。ジジが大人と会うのを嫌がっているのだ。が、再度のアランの願いに、しばらく考えたクロードは、

「いいでしょう……」

そう言うと、声に出すことなく小さくつぶやいた、

(マリアンヌもそれを望んでいるのかもしれない……)

部屋を出ていったクロードは、やがて奥の部屋から、小さな女の子の手を引いて連れてきた。女の子はアランのイメージとは少し異《こと》なり、角《かど》ばったきびしい目で、口をへの字に結《むす》んで、アランをにらんでいる。

アランはおだやかにジジの目を見返した。しばらく目を合わせていたジジに起きたその後の変化は、そこにいたクロードにさえも大きな驚きを与えていた。

アランを睨《にら》みつけていた角《かど》ばったジジの目が、やがて丸くなると、涙がこぼれ落ちてきたのだ。

アランはおだやかな目のまま、両手をジジに差し出すと、ジジはそのままアランの胸に飛び込んでいった。

なぜ目の前にいる見知らぬ人が、そう思うのか分からない。でもジジはアランのおだやかな目の中に、自分と同じように母親を想う光を見ていた。

この時アランが瞬時《しゅんじ》に思ったこと。それはジジと一緒に新しい世界に旅立つことになる、という予感だった。

思いがけないアランに対するジジの反応をみたクロードには、

（マリアンヌが二人を引き合わせている……）

という不思議な感覚がもたらされていた。

その後のクロードとアランの話は、ジジをどうするかということに絞《しぼ》られた。

ジジの最大の問題は登校拒否の件だ。ジジは素直ないい子だが、とんでもなく強情《ごうじょう》な面をあわせ持っている。それはマリアンヌにもあった。

それが凝縮《ぎょうしゅく》されて生じたのが、マークとの家出という行動だった。娘の場合、その一度きりしかなかった。が、その熱い血はジジの中にも色濃《こ》く流れているようだ。

さまざまな状況を考えれば、登校させることは難しい、とクロードは判断している。

アランは提案した、自分がしばらくの間ジジを預かりたいと。自分なら教師の資格も持っている。ジジを教えられるし、学校側とも通信教育等で協力していけると。

クロードもしばらく考え込むと、アランの提案に同意した。自分は狭い世界でマリアンヌの自由を奪い、不幸な状況に追いやってしまった、という深い自省《じせい》がある。

ジジにはもっと大きな環境でのびやかに生きて欲しい、というのがクロードの願い。その意味においては、アランに託《たく》せば、その希望がかなえられるような気がしたからだ。

アランはこの時にはすでに新しい世界を、ロッキー山脈の森の奥で迎えることを決めていた。

クロードはジジに聞いた、

「アランおじさんは、これから先《さき》、森の奥で暮らすらしい……、ジジも一緒に行きたいかい……？」

ジジはなんの迷いも見せずに答えた、

「うん、ジジもアランと森の奥に行く……」

夜明《よあ》け前の白々《しらじら》とした朝の大気が、長い時を回想の世界で過ごしていたアランを、現実へと引きもどしていた。

しばらくすると、黄金色《こがねいろ》の朝の光が森全体をおおうようになる。キャシーとフレッドは先ほど、ジジの寝室から出てくると、仲良く朝の散歩に出ていった。

ジジが起き出してくるまでには、まだ少しの時間がある。

その少しの間、ベッドで体を休めておこうと、アランは寝室へと向かった。

第四章　グリズリーリーズ

十日ほど前にアランは傷ついたグリズリー（灰色熊）を治療して助けていた。ジジが深く傷つき動けなくなっていたグリズリー（灰色熊）を見つけ、優しく頭をなでていたところにアランが出くわしたのだ。

その光景にアランは肝《きも》をつぶした。が、治療を受けたグリズリーは二人を味方と見なしたのだろう、ジジと自分に敵意を見せることはなかった。

森の小動物だけじゃなく、まさかグリズリーとも、気持ちが通じ合うとは思いもしなかった。だが野生の中では油断《ゆだん》は即《そく》、命取りになる。幸いにしてそのグリズリーと、その後出会うことはなかった。

以前アランは、この辺《あた》りに住む肉食動物の生態を調べている時に、グリズリーマン、と呼ばれた、ティモシー・トレッドウェルの事件を目にし、興味をひかれてこの事件を調べたことがある。

彼と妻はグリズリーの生態を研究し、保護活動家としても有名だった。

アラスカの国立公園にいた、一頭のグリズリーを十二年間観察しつづけていた。この研究が夫婦の生き甲斐《いがい》になるほどに、二人はグリズリーを愛していた。

ある日突然、夫のティモシーがグリズリーに襲《おそ》われた。その様子を見て助けようとした妻も襲《おそ》われ、二人とも死亡した。

グリズリーも人間と同じように、愛情表現には個体差がある。またその時の気持ちの状態で危険度もまったく違ってくる。

十二年の観察期間など、そのことを考えれば大きな意味は持たない。

野生の生き物との交流においては、過信《かしん》は最も戒《いまし》めなければいけないこと。油断《ゆだん》が死を招く、ということは自然の普遍《ふへん》の掟《おきて》だ。

馴《な》れは過信を招く。

それを十分に分かっていたはずの夫婦にでさえも、一瞬の気のゆるみ、油断《ゆだん》が生じた。それがこの悲劇を生みだしている。その怖《こわ》さを知っているアランに油断はなかった。


（もうあれから五年も経つのか……）

アランは西の山の端《は》に沈もうとする、茜《あかね》色の夕日を見ながらそうつぶやいていた。

森は相変わらずジジとアランには優しく寄り添っている。この五年の間、二人が変わることなく森に感謝して生きているからだ。

時は五年も経てば、色々な変化をすべてのものに与える。特に顕著《けんちょ》な変化はジジに起こっていた。

マリアンヌの影響を色濃《こ》く受けついでいるのだろう、十二歳になったジジは、その利発さに一段の輝きを放っていた。学校の勉強は飛び級になるほどの学力を示している。料理などの家の中の仕事にも、もうアランの出る幕はなかった。すべてジジが手際《てぎわ》よくやってくれている。

人を育てるのは年齢ではなく環境だ……、とある人に以前言われたことがある。その言葉を証明するようなジジの成長をアランは見ていた。

昨年、一月《ひとつき》ほど、ボルネオ島で国境なき医師団の一人として暮らしている娘のジュリーが、アランの身を心配して里帰りしてくれた。

十年余り前に、金と名誉に執着《しゅうちゃく》する父親の生きざまを嫌って離れていた娘だった。亡き妻に似て心のやさしい、医の道を進む正義感の強い娘でもあった。

実業家として富と権力を握り、絶頂期にあったアランの生き方に異議《いぎ》を唱《とな》え、事《こと》あるごとに理屈《りくつ》を振りかざして反発してきた。

そのジュリーの反抗心は、家を出る前には娘の存在が、もう鬱陶《うっとう》しい……、とさえ、アランに思わせるほどに強いものになっていた。

そんな父親が、小さな娘を一人連れて山奥で暮らしている、との手紙を以前叔父《おじ》のトーマスから貰っていたのだ。

ジュリーは、父親になにが起こったのか……？ またそんな父親と一緒にいる、その小さな娘の行く末も気になっていた。

一人で管理しているボルネオ島の小さな診療所、三日以上は留守にできない状況がつづいていた。父親のことが気にはなっていたが、それが帰国できなかった理由だった。

昨年ようやく一か月ほどの期間で交代の医師が補充《ほじゅう》された。

そんなジュリーが帰省してからしばらく経つと、細やかに自分の世話をしてくれるようになった。以前暮らしていた時とは、まったく異《こと》なる対応の仕方だった。

それはアランが、薄気味悪《うすきみわる》い……、と思うほどの気の使いよう。アランは一体ジュリーになにが起こったのか……？ と思った。

ジジュリーを観察しているうちに、アランはやがて気がついた。なにかが起こったのは、ジュリーじゃなくて自分の方だった……、のだということに。

あれほど嫌っていた自分を心配して、忙殺《ぼうさつ》されているにもかかわらず、帰国してくれたのだ。真に心根《こころね》がやさしくなければできないこと。

そのジュリーが見たアランの姿は、驚いたことに、以前とは対極《たいきょく》にある姿だった。

金と権力には無縁《むえん》の世界で一生懸命に生きている、それも縁《えん》もゆかりもない小さなジジを、慈愛《じあい》に満ちた目で育てている。

それはジュリーが小さな頃から、心から欲《ほっ》していた父親の姿。やさしいジュリーは人並みに父親の世話をしたかったのだ。それをさせなかったのはアラン自身だった。

ジュリーは、そのことについてなにも言うことはなかった。

が、ある日、アランはそのことに、偶然耳に入ってきた、ジュリーとジジとの間でかわされていた、何気《なにげ》ない会話を通してようやく気づかされた。

その翌日のこと、彼は一人森の奥に入ると、声がもれ出さないようにタオルで固く口をふさぎ、

（ジュリー、悪い父親だった、許してくれ……、本当に許してくれ……）

と詫《わ》びながら嗚咽《おえつ》をもらしていた。アランには小さな頃のジュリーとの記憶の中で、ジュリーのそうしたやさしさに思い当たることが何度もあったのだ。

いつもと違ってその日は、朝から妙にふさぎ込む父親の姿が気になっていたジュリーは、森へ入っていく彼の後《あと》をそっとつけていた。

詫《わ》びながら嗚咽《おえつ》する、その父親の姿を見ると、ジュリーは気づかれないように忍《しの》び足で引き返して行った。

その彼女の目にはうっすらと涙が浮かび、その心には、あれほどあった父親との遥《はる》かに遠い距離が霧消《むしょう》し、暖かい灯《あか》りがともっていた。

小さいながらも心から、精一杯父親の世話を焼こうとしているジジの姿、ジュリーにとっては実の妹のように思えていた。

物おじすることなく、まっすぐに相手の目を見て話してくる性格も心地《ここち》よかった。森の生き物たちとも仲良しだとアランに聞いた。

ジュリーもボルネオ島で、母親を密猟《みつりょう》で亡くしたオランウータンの子供を、何頭か診療所で育てている。野生の生き物は直観力《ちょっかんりょく》にすぐれている。悪い人間にはなつかない。

ジュリーもジジが、本物の「利他《りた》の心《こころ》」を持つ人間に育っていく……、という強い予感を抱《いだ》いていた。

同じ女性同士、ジジとジュリーが年の離れた姉妹のように、仲良く話し合っていたのが強くアランの印象に残っている。

一月《ひとつき》が過ぎジュリーがボルネオ島に帰ると、ジジの勉強にまた一段と熱が入ってきた。どうやらジジはジュリーにかなりの影響を受けたようだ。

ジジの成長はアランに自由な時間をたっぷりと与えてくれた。アランはずっと気になっていた環境問題を研究する時間を持つことができた。

アランは以前から、人の死には必ず意味があると考えている。それは自然死であっても、自死であっても、また病死や突然の事故死であっても同じこと。

その瞬間まで人は一生懸命に生きているのだ。

アランは、直前まで一生懸命に生きていたマリアンヌの死についても何度も考えてみた。マリアンヌの死で、自分の今の状況があることは動かしがたい事実。

では、なぜこの状況があるのか……？

その答えが、薄紙《うすがみ》をはがすように最近徐々《じょじょ》に見えてきた思いがしている。それがジュリーの帰省で鮮やかに見えてきた。

ジュリーは淡々と熱帯雨林の深刻な状況について、ジジとアランに語ってくれた。人間の非道な行いにより、ジャングルでしか生きていけない生き物たちが、急激に数を減らしている。そしてジャングル（熱帯雨林）そのものが消滅しようとしている……、と。

ジュリーの話を聞いてからだ、自分がどう生きるべきかを悟《さと》らされたような気になったのは。

（今を生きている大人たちは、生き物たちだけじゃなく、ジジの、そしてまた他の子供たちの未来をも奪《うば》おうとしているんじゃないのか……）

との強い思いが浮かび上がってきたのだ。

ジジのそして子供たちの未来のためにも、環境の悪化を改善する必要がある。そのために自分になにができるのか……？

（このことがマリアンヌの死の意味じゃないのか……、そしてここに至るまでの道は、マリアンヌが敷いてくれたのかもしれない……）

あの夜から、今日までの自分の心の軌跡《きせき》をたどれば、今のアランにはそうとしか思えない強い感覚が湧き上がってきている。

以前は、環境に異変を感じても、

（専門範囲外だ。自分一人でなにができるというのか……？）

と、つぶやいて他の輩《やから》と同じように無関心を決め込んでいた。

が、森の生活は、環境問題は特別なものじゃなく、普通の人の生活そのものだ……、と教えてくれた。

『天に向かって唾《つば》を吐けば、必ずその唾《つば》は自分の顔にかかってくる』

森が教えてくれた、このごく単純な「自然の道理」さえも、自然には無関心だったそれまでの自分には見えていなかった。

森の生活は「自然の道理」そのもの。そしてこの「自然の道理」に、ジジの未来を想うマリアンヌが導いている、その思いをアランは強く感じている。

アランは時間をかけて様々な事象《じしょう》を研究した。そしてやがて環境問題の深部に手をつけて感じ始めたこと、それはこの問題がもはや研究という次元ではなく、今そこにある危機、という悲しい現実。

アランはもともと鋭敏《えいびん》な頭脳《ずのう》に恵まれている。現在の環境や、その将来への分析能力《ぶんせきのうりょく》、また洞察力《どうさつりょく》に対しては、独自の鋭い切れ味を持っている。

その頭脳を通して、現状の環境の深刻《しんこく》さを俯瞰《ふかん》（高い所から見ること）したアランに見えてきたもの、それは絶滅に向かって行進している野生の生き物たち、そして苦しみながら追いつめられていく人間たちの沈黙《ちんもく》の姿。

今のアランの環境問題に関する懸念《けねん》は、すでに憂慮《ゆうりょ》をこえて、最大限度の深刻さにまで引き上げられている。

地球の至る所で環境破壊《かんきょうはかい》は深刻な爪痕《つめあと》を残し、その結果、無数の人々が命を失い、また多くの生き物たちも姿を消している。

現状を改善するための処方箋《しょほうせん》は不完全ではあるができている。その不完全な処方箋《しょほうせん》でさえ、実行できないのが今の人間の姿。

どれほど深刻な状態になっているのかも、専門家には分かっている。さらにそれを緩和《かんわ》するための道筋《みちすじ》もすでにでき上っている。なのにその道を歩けない。

「自然の道理」を無視した施策《しさく》が、自分たちの子供や孫の未来を奪う結果を生みだしていることに、為政者《いせいしゃ》たちが気づいていない。

さらに深刻なことには、全体の一%にも満たない姿を見せない、ごく少数の強欲者《ごうよくしゃ》の群れが、人間の未来を決めることに大きく影響している。

その力は戦争を始めさせ、そして終わらせることができるほどの巨大な財力。

彼らは快適な生活空間で暮らし、真実から目を背《そむ》け、彼らに都合のいい真実を作り出し、さらなる金もうけに狂奔《きょうほん》している。

地球の歴史は四十六億年。人間の歴史は、現生人類《げんせいじんるい》ホモサピエンスを起源《きげん》とすれば、まだたったの二十万年でしかない。

六千五百万年前に隕石《いんせき》の衝突で絶滅した恐竜は、一億六千万年もの長い時代を生きていた。気の遠くなるようなその差は、その生き方にある。

恐竜たちは「自然の道理」に沿って生きていた。だが隕石《いんせき》という天体の不規則運動のために一瞬にして消滅した。

では、人間は……?そう問いかけるアランは、ため息をもらす。

「自然の道理」に目を向けず、人間は他の生き物であれば決してしない戦争という名のもとに、女性、子供、老人という弱者の区別なく大量殺戮《さつりく》を繰り返している。

戦争は人を狂人に変える。狂気に身を置かなければ、こういう残虐《ざんぎゃく》な行いはできない。それを理解した上で戦争を始める為政者《いせいしゃ》は、すでに狂人以外の何者でもない。

戦争とは狂人のゲーム。悲しいことに、戦争の歴史は人間の歴史そのもの。

今この瞬間にも、世界のある地域では戦争で、命のやりとりが行われている。こんな悪辣《あくらつ》な感情に支配された生命体が、長期間、生を維持《いじ》できるとは思えない。

だがアランは、「自然の道理」が公平であることもまた、森に教えられている。

金もうけに狂奔《きょうほん》し、戦争に血道《ちみち》をあげる輩《やから》が現れれば、それに対峙《たいじ》する平和を求める人々もまた数多く現れる。それが「沈黙の大多数」と呼ばれる普通の人たち。

この人たちの多くは、ひとたび災害に襲《おそ》われれば、ボランティアという助け人《たすけびと》に変身する。この「利他《りた》の心《こころ》」を持つ大多数が動き出せば悲惨《ひさん》な状況は変えられる、破滅《はめつ》は避けられる、とアランは信じている。

が、その兆《きざ》しは未《いま》だに見えてこない。まだ「沈黙の大多数」は動かない。

その間にも母なる大地は、人々に数々の災害を与えつづけている。致命的な大惨事《だいさんじ》を回避《かいひ》させるべく、そしてきびしい試練を与えることにより、人間の生きる軌道《きどう》を修正させようとして……。

インド洋に浮かぶモルディブ共和国。

約千二百の島々からなり、毎年多くの観光客が訪れる。島々の花輪、と呼ばれるほどに美しい景観を持つ島国。

そのモルディブが、今危機的な状況に直面していることを、アランも以前から新聞などを通して知っている。

島国であるため標高は一—二メートル。産業革命前からの気温上昇が、一・五度をこえれば、海面上昇や気候災害のため、モルディブは国家消滅《しょうめつ》の危機を迎えることになる。

「我々は死ぬ。国のすべてがなくなる。島国にとって死刑宣告だ」

この言葉は、右肩上がりの温度上昇に対してのモルディブの元大統領から、世界に向けて放たれた言葉。

海面上昇のため、海岸線は世界のどこの国でも内陸へと侵食《しんしょく》をつづけている。このことが、モルディブの元大統領の言葉とつながってくる。

不安をぬぐうために、ある種の人間はその現象《げんしょう》を「可能性」などと、無害化《むがいか》する表現を使いたがる。

真実にいくら蓋《ふた》をしても、その真実は蓋《ふた》の中で発酵《はっこう》し、腐《くさ》り、やがて耐えられないような腐臭《ふしゅう》と共に、より深刻な現実を伴《ともな》って我々の前に姿を現す。

悲しいことにモルディブの現実は早晩《そうばん》、今の時を生きている我々の現実になるとアランは深く憂慮している。

この事実をいかに言葉で無害化《むがいか》しようが、真実の前にはまったく意味を持たない。現実を直視して有効な手段を打たぬ限り、人間が生きる軌道《きどう》を修正しない限り、その深刻な現実は時を置いて必ず我々の前に現れる。

アランが危惧していたその予兆《よちょう》はすでに姿を現している。

二千二十一年六月、カナダ西部のリットンではカナダ史上最高温度四十九・六度を記録した。また二千二十年六月には、北極圏の町シベリア、ベルホヤンスクで北極圏では史上最高温度となる三十八度を記録している。

北国と北極圏が、海面上昇を引き起こす地球の高温化を証明している。

そしてこの高温化は二千二十一年七月末、グリーンランドで八十五億トンもの氷河を一日で流出させた。この量はアメリカフロリダ州全土を五センチ浸水させるのに十分な量。

二千二十一年の氷河流出総量は百八十四億トンという途方もない量になっている。

この氷河流出は、気候変動を促進させ、結果としてヨーロッパの気候を極端な寒冷化に向かわせる。さらに海面上昇をはじめとして、その弊害《へいがい》は多岐《たき》にわたり未曽有《みぞう》の大災害をひき起こす大きな要因になる。

アメリカのニューヨーク、マンハッタンでは現在急速な海面上昇に備えた水門と防潮堤《ぼうちょうてい》建設計画が進行中。総工費は千六百五十億円。竣工《しゅんこう》は二千二十六年予定。手始めとしてマンハッタンの沿岸部四キロを対象としている。

わずか四キロだけでは海面上昇への対策としてはまったくの不十分。追加の計画を検討中。ニューヨーク市の沿岸部だけでも八百四十キロもあるのだ。

因《ちな》みに二千十二年の大型ハリケーン・サンディが残した爪痕《つめあと》がこの計画の契機になっている。約十一万人が深刻な被害を受け、四十四名が死亡。この時の水位上昇は二・四メートルを記録している。

ニューヨークのこの計画は、海面上昇の脅威《きょうい》はもうすでに人間の普段の生活に入り込み生命、財産を奪っていることを意味している。

世界はつながっている。これは最早《もはや》可能性などという生易《なまやさ》しい問題じゃない。事実として現実に起こっている問題。

モルディブで起こることは、きわめて近い将来に、世界のどの国においても必ず起こること。そしてそれよりもさらに悲惨《ひさん》な状況に世界が襲われることも、悲しいことに予見《よけん》できる時代に入ってきた。

それをマンハッタンの水門、防潮堤《ぼうちょうてい》計画が証明している。

モルディブをいかに救うのか、そしていかに迅速《じんそく》に、この環境悪化を止めるべく次善の策を立案し実行に移すのか……。

これが環境問題の深部《しんぶ》を見つめる、アランに湧き上がってきた現実の姿。そしてなぜか、新聞で読んだチェルノブイリの、あの世界がアランの脳裏《のうり》によみがえってくる。

どこでどうつながっているのかは、まだ深い霧の中のように曖昧《あいまい》だが、この深刻な環境の現実とチェルノブイリの世界はつながっている……、そういう確かな思いがアランの胸中には芽生《めば》えていた。

この時突然、アランの脳裏《のうり》に浮かび上がってきた思い、それはもし人間に、真《しん》に英知というものがあるとすれば、今を置いてそれを使う時はない……。

そう願うほどに大災害の確かな足音がアランの耳には聞こえてきている。


最近フレッドとキャシーが連れ立って出かけ、長いこと帰ってこない時がある。両者の関係は、あのクズリの事件以来きわめて良好だ。

フレッドはしばらくの間、まとわりつくキャシーを煩《わずら》わしくおもっていたようだが、最近ではキャシーの思いが伝わったのか、どこへ行くにも一緒に行動している。

「最近、フレッドとキャシーは連れ立ってどこかへ行っているようだが、何をしているんだろうね……？」

気にしていたアランはジジにそう聞いてみた。

「あの怪我《けが》をしたグリズリーとよく遊んでるみたい……」

ジジは何気《なにげ》なく答えてくれたが、アランにとってその言葉は肝《きも》をつぶすような内容だ。その驚いたような表情を見ると、ジジは先日の経験をアランに語って聞かせた。

ベリーや野草を摘《つ》みに森へ入ったところ、急にフレッドとキャシーが駆け去っていった。いつもと様子が違うのでジジも後を追いかけて行った。

しばらく走っていった先には、あのグリズリーがいた。

フレッドは尻尾《しっぽ》を振るとグリズリーに近づき、ワン、と吠えて挨拶《あいさつ》をし、キャシーも近寄り体をグリズリーにこすりつけ、親愛《しんあい》の情を示していたという。

ジジはグリズリーマンのことをアランに聞いていたので、遠くから見ていただけだった。グリズリーもじっとジジを見ていたそうだ。やがてジジは一人でベリーと野草を採《と》りにもどった。

フレッドとキャシーは小一時間経って何事もなかったような顔をしてもどってきた。これがあの日の一部始終だった。

この話はアランに衝撃《しょうげき》を与えていた。人間の憶測《おくそく》の域《いき》をこえている話。野生のグリズリーが飼い犬や飼い猫と仲良くなるなんて聞いたこともない。

が、野生動物が自分が生き残るために、敵味方の識別能力《しきべつのうりょく》に、特にすぐれた能力を持っていることは知っている。

また食べるものがあれば、猫とネズミのような天敵関係にある生き物でさえ、共存《きょうぞん》しているという実例を何度も聞いたことがある。

それを考えれば、命を救われた場所にいたフレッドとキャシーを味方だと思う、グリズリーの心も合理的に理解できる。

アランは、知性は人間にしかないと思っている人間の傲慢《ごうまん》な常識を捨てることにした。この常識は、森の道理から物事を学ぼうとしているアランには邪魔なだけ。

知性なしには考えられない様々な動物の行動、これらの行動の実例は世界中で数多く報告されている……。

体を張って、野犬の攻撃から飼い主の幼児を助けた猫の話。怪我《けが》をした主人を助けるために、無関係な人を主人のもとに連れて行った犬の話。また気の遠くなるような距離をものともせずに、飼い主のもとに帰った犬や猫の話、そして雪山で遭難《そうなん》した主人を凍死《とうし》から守るため、救助がくるまでの十三時間を、自分の体温で温めつづけた犬の話、等々《などなど》。

本能だけではどうしても説明のつかない、知性をうかがわせる話は、古今東西《ここんとうざい》で数多く語り継《つ》がれている。

人間の常識を捨て、虚心《きょしん》に帰ったアランの森の生活は、野生の生き物に対して、環境問題に関して、より深い洞察力《どうさつりょく》をアランに与えている。


森の生活は、またアランに思いもかけない贈り物をしていた。

それは子供の頃、トロントの父親の元に引き取られる前の、曖昧《あいまい》とした思いの中に埋没《まいぼつ》していた母親との美しくも、切《せつ》ない記憶《きおく》……。

アランの子供時代、それは記憶に残らない砂を嚙むような味気《あじけ》ない日々。それも父親に引き取られた十二歳ごろからの記憶しかない。

その前の記憶、なぜかは分からないがはるか彼方《かなた》に埋没《まいぼつ》している。

中学も高校も、大学も父親が望んだように一流のコースを歩んできた。そしてそれが当たり前だと思う生き方だった。

そういう生活の中では、心に残るような記憶が生まれるはずもない。

ある日の夕方、ジジは夕食の用意をしていた。

アランは玄関わきの板張りのベランダで、いつものように揺り椅子に座って、山の端《は》に沈んでいく夕日を眺《なが》めていた。

その時だった、思いもかけないことが起こったのは……。

水底から湧き上がる泡《あわ》のように、ゆっくりとアランの心の奥底から、一つの記憶が浮かび上がってきた。それは、はるか彼方《かなた》に埋没《まいぼつ》したはずの記憶……。

映画のワンシーンのような、陽《ひ》が落ちかけて朱鷺《とき》色に染められた夕方。

家の前に一つの影が立っている。

それは寒そうに背中を丸めて胸の前で両腕を組み、白いマフラーに小さな顎《あご》をうずめてアランの帰りを待つ母親の姿。

母親の後ろには朱鷺《とき》色の夕焼けが広がっている。そのせいなのだろうか、母親の表情は陰になってよく見えない。

母親は丈夫じゃなかった。時々乾《かわ》いた小さな咳《せき》をコホン、コホンとしていた。それでも母親は家の前で、遊び疲れて帰ってくるアランをいつも待っていた。

アランの姿が見えると、嬉しそうに小さく手を振って迎え、そしてアランの肩をやさしく抱きかかえて家の中へと一緒に入る。

「ダメよ、こんなに遅くまで遊んでちゃ……、さあ、夕食にしましょ……」

これがその時言われていたいつもの言葉。母親に叱られた記憶は一度としてない。

両親になにがあったのかアランは知らない。父親に引き取られる十二の時までは母親とウィニペグ（マニトバ州の州都）の郊外で暮らしていた。

小学校を出るとすぐにトロントにいる父親に引き取られた。それからは一流への道を目指す生活が始まった。母親のことを思い出すこともなくなった。

別れて二年後に母親は亡くなった。疎遠《そえん》になっていた彼女の死にアランが深く悲しむことはなかった。母親との距離は測《はか》れないほどに遠くなっていた。

どんな想いで母親は死んでいったのか……、今それを想うと、アランは胸をかきむしられそうになるほどの深い後悔に襲われる。

母親との生活で、冷たい食事をした記憶はただの一度もない。母親はアランのことをまず先に考える人だった。

あの夕景の中で、寒そうにマフラーに顎《あご》をうずめてアランを待って佇《たたず》んでいる母親の姿を、今思い浮かべると、たまらなく、たまらなく、もう一度あのぬくもりのある胸で抱きしめて欲しくなる。

ジジはまだ母親を想いベッドの中で泣くことがある。今アランは、そのジジの気持ち、そのものになっている。

トロントで暮らし始めてからは、心の潤《うるお》いをなくしてしまった。潤《うるお》いをなくした、ささくれだった心にやさしさが宿《やど》ることはない。母親の記憶も消えた。

森の教えを信じるアランに、森が潤いをもたらしてくれたのだろう。そしてこの潤いが彼の深層《しんそう》に潜《ひそ》んでいた、美しい母親との記憶を呼びさましてくれた。

「アラン、食事の用意ができたよー……」

ジジの弾《はず》んだ呼び声が遠くで聞こえる。

現実に連れもどされたアランは、涙まみれの顔を大きな手のひらで何度かゴシゴシとこすると、すっかり陽《ひ》が落ちて暗くなったベランダの揺り椅子《ゆいす》から腰を上げた。

限りなく遠くにあった母親との距離《きょり》は、この時にはもう霧のように消えていた。


大きなグリズリーの足跡が点々とつづいている。

山小屋の周りの雑木《ぞうき》や雑草《ざっそう》はきれいに刈り取られ、周囲は平らな地面になっている。その地面に足跡がついていた。

昨日からさらにもう一頭の新しい足跡が増えていた。右の足跡にわずかに傷跡《きずあと》のようなものが走っているので、別のグリズリーの足跡ということが分かる。

アランはジジに身辺《しんぺん》に気をつけるように二度、三度と、くどいほどに念を押していた。

季節はすでに十月の初め。グリズリーは過食食《かしょくぐ》い、と呼ばれる時期に入っていた。

雑食《ざっしょく》のこのクマは肉だけではなく、ベリーや木の実、キノコ、昆虫《こんちゅう》なども大切な食糧だ。むしろこちらの摂取量《せっしゅりょう》が圧倒的に多い。

冬場には、これらの食料がなくなる。だから冬眠《とうみん》に入る。

だが冬眠《とうみん》に入る前には、冬を越せるだけの十分な脂肪《しぼう》が必要。もしこの十分な脂肪《しぼう》がとれなければ、冬眠に入れないグリズリーも出てくる。

そうなれば冬の間、ずっと飢餓《きが》との闘いになり、悲惨《ひさん》な状況がグリズリーを待ち受ける。

だから、秋になると過食《かしょく》ともいわれるほどに食べつづけ、体内に十分な脂肪をため込む。

栄養が十分でなければ人間も、生きようとするグリズリーの獲物《えもの》の対象《たいしょう》になる。だからジジには注意している。

その状況でのグリズリーの二頭の足跡だ。

アランは、家を出るときには必ず猟銃を携行《けいこう》している、警戒心はそれほどに高まっていた。だがもし使うような時があれば、それが素人《しろうと》であれば多くの場合死ぬ時。

よほどの凄腕《すごうで》の猟師でなければ、一人でグリズリーを仕留《しと》めるのはむずしい。

初弾《しょだん》が致命傷《ちめいしょう》にならず、手負《てお》いの状態で追いかけられるようなことになれば、助かる見込みは限りなくゼロに近い。

グリズリーは時速約五十キロメートルで走る。百メートルを七秒で走る速度だ。九秒台が最速の人間の足ではいとも簡単に追いつかれ食われてしまう。

だからフレッドとキャシーを、この季節に限っては必ず、近くに行く時もジジに同行させていた。特に犬の嗅覚《きゅうかく》は条件にもよるが、人間の一億倍ともいわれている。

フレッドは狩猟犬の血を継いでいる。その能力はさらに高い。

クズリで痛い目をみた経験があるだけに、フレッドがグリズリーに気づけば、先に避ける行動をとるとアランは思っている、それができるほどにフレッドは賢い犬。

この状況で家の周りに腹を減らした二頭のグリズリーが足跡を残しているのだ。四人がこれ以上ないほどに、注意深く暮らしているのはごく当然のことだった。

そんなある日、それは朝食が終わった時分《じぶん》だった。フレッドが低くうなり始めた。キャシーも耳をピンと立てて、遠くを見るような眼を丸くして異常を捉《とら》えようとしている。

嗅覚《きゅうかく》は犬よりかなり劣《おと》るが、猫の聴覚《ちょうかく》は犬の約二倍、特に高音域《こうおんいき》に強い。犬が聞こえない音域《おんいき》も猫には聞こえる。

だから遠くで動くネズミの出すわずかな音さえ拾《ひろ》い、獲物をしとめられる。

アランとジジが、そのいつもと違う様子を見ていると、いきなりフレッドが外に向かって走り出した、キャシーも遅れずにその後を追いかけて行く。

思わずアランとジジは顔を見合わせていた。なにか異常事《いじょうじ》が起きたということだ。

素早《すばや》く上着に腕を通すと、二人ともすぐに後を追いかけた。むろん、アランは両手に猟銃を抱《かか》えている。

二百メートルほども、裏手のけもの道を走っていただろうか、いきなり二人は、巨大なグリズリー二頭の死闘《しとう》の場に出くわした。掴《つか》みあうたびに血が飛び散っている。

一方のグリズリーはかなり出血をしているようだ。フレッドとキャシーは左側のグリズリーに味方するように、吠えかかりまた甲高《かんだか》いうなり声を上げて、右側のグリズリーを激しく威嚇《いかく》している。

出血をしていた右側のグリズリーが、フレッドとキャシーの参戦《さんせん》にとまどったかのように後ろを見せて退却《たいきゃく》をはじめた。よく見ると左耳がなくなっている。闘いの最中《さなか》、嚙み切られたのだろう。かなりの出血は左耳からのものだ。

ただでさえ大量出血して旗色が悪いのに、見たこともない生き物が二匹も現れて相手に加勢《かせい》するのだ。右側のグリズリーが逃げだしたのも当然のこと。

グリズリー同士の闘いでは、相手が逃げだせばそれ以上に相手を傷つけるようなことはしない。どんな生き物でも、野生の闘いにおいては、逃げた相手を追いかけて尚も傷つけるような無用な闘いはしない。

フレッドは勝利した左側のグリズリーに尻尾《しっぽ》を振り、キャシーは体をこすりつけていた。ジジに言われるまでもなく、この様子を見れば、あれがアランの助けたグリズリーだということは分かる。

グリズリーはアランとジジに近づくこともなく、その場でじっと二人を見ていた。二人もしばらくグリズリーを見つめていた。

キャシーとフレッドはグリズリーの両脇に腰を落としている。

激しい闘いの後にもかかわらず、グリズリーの周りは、野生では常に存在する危険とは真反対のおだやかさに満ちていた。

その時、アランには一つの思いが浮かび上がってきていた、

（ひょっとすると、このグリズリーは森の王なのかもしれない……）

最強《さいきょう》の捕食者《ほしょくしゃ》として頂点に立ち、おだやかさを周囲にただよわせる存在は、「森の王」と呼ぶのにふさわしい、それがアランの胸中に浮かび上がってきた感覚だった。

この時アランの脳裏《のうり》には、不意に山小屋の周囲に残された二つの異《こと》なる足跡が浮かび上がってきている。しばらく考え込んでいたアランに、ようやく二つの異《こと》なる足跡と、今の二頭の闘いの光景がつながって見えてきた。

それは、アランに命を救われたグリズリーが、ジジとアランの命を他のグリズリーから守ったということ。

命を救われたグリズリーは、ジジとアランを遠くから見守っていたのだ。そしてこの二人を狙っているグリズリーに気づき、先ほどの闘いでそのグリズリーを追い払った。

そう考えれば、キャシーやフレッドが逃げたグリズリーに対して、見たこともない恐《おそ》ろし気《げ》な顔をして威嚇《いかく》していたことにも説明がつく。

キャシーもフレッドも、彼らの鋭い嗅覚《きゅうかく》と聴覚《ちょうかく》で逃げたグリズリーが、ジジとアランを狙っていたことを知っていた。その考えに立てば、このグリズリーの、激しい闘いの後の、あの夜の湖のようなおだやかさにも得心できるものがある。

このグリズリーには、命の恩人を守った、という安堵《あんど》感があったのかもしれない。

「森の道理」から教えを受けているアランだが、その考え方にはなんの抵抗もなかった。

アランに以前命を救われたグリズリーは、山小屋で暮らすこの四人は、自分の味方だと思っているのだろう。

遠山《えんざん》を見るようなグリズリーの茫洋《ぼうよう》とした眼には、なんの感情の動きも見られない。が、その姿からはおだやかさの裏側にあるやさしさが、じわり、と伝わってくるような気がする。アランはその思いを伝えようとしてジジに目をやる。

ジジは両手を胸の前で組み、感謝するようにグリズリーを見つめていた。アランはその彼女の姿に、ジジにはもうなにも伝える必要がないことを悟った。

感性の鋭いジジには、すでに一連の流れが見えていた。やがてグリズリーは背中を見せると、肩を左右《さゆう》に揺《ゆ》するようにして森の中へと姿を消した。

その夜、アランは「リーズ」というグリズリーの名前をジジに提案していた。好むと好まざるとに関わらず、成り行きから考えてこのグリズリーとは縁《えん》ができたようだ。また出会うかもしれない。であれば、名前が必要と思っての提案。森の王、というアランの感覚が正しければ、その存在は、森を統《す》べる道理と同じことになる。「道理」の意味から「リーズ」という名前にした。

「リーズ……、リーズ……」

何度か口の中でくり返していたジジだったが、

「いいね、アラン。いい名前だよ、ジジも気に入った……」

また会えるかどうかも分からないグリズリーに名前を付けるなど、病院経営をしていた時のアランからはとても考えられない。

だがアランには何の違和感《いわかん》も生まれていない。今のアランは森の住人そのものだった。

第五章　同居人《どうきょにん》との別れ

夕食後のことだった。後始末《あとしまつ》を終えたジジは食卓で熱心に本を読んでいる。新聞を読んでいたアランは、ジジが涙を流していることに気づいた。本の内容に心を動かされているようだ。

ボルネオ島に住む娘のジュリーと話をして以来《いらい》、ジジはアジアの世界に興味を持っている。中でも、戦争や内戦で住む家や家族を奪われ、飢《う》えに苦しみながら放浪《ほうろう》する難民《なんみん》たちに。

ジュリーの仕事には医療で難民《なんみん》を苦しみから救うということも含まれている。愚《おろ》かな多くのリーダーたちの所為《せい》で、難民は命の危険にさらされながら、途方《とほう》もない困窮《こんきゅう》に追い込まれている。

ジュリーとの話を通して、ジジはいわれのない理不尽《りふじん》な扱いを受けている、世界の孤児ともいうべき難民への同情を深めていたのだろう。

町で買い物をする時には、可能な限り多くの本を買うようにと、アランはいつもジジにはすすめている。

本は他の人の人生を語ってくれる、他の世界のあり様を見せてくれる。読んでいる本は難民について書かれたもの。その本には世界の飢餓人口《きがじんこう》も記されている。世界人口の十パーセント、約八億人が飢餓人口《きがじんこう》。

アジアについての記述が多いせいだろう、日本の食品ロスが記されていた。日本の食品ロスだけでも年間六百十二万トン。国連の食糧支援計画の一・五倍に相当。人口約一億二千万人の日本でこれだけの驚くべき食品ロスの量。

その何倍もの人口を有するアメリカや中国、またロシアやヨーロッパが協力して飢餓《きが》をなくすために、ほんの少し努力をすれば、世界の飢餓難民《きがなんみん》の問題はすぐに解決できる。が、多くの国々やそして人々は、目の前の生活を楽しむために、そのほんの少しの努力さえも惜《お》しんでいる。

涙を流しながらジジはアランに訴える、

「食べ物が無く痩《や》せ細り、飢《う》え死にしていく子供たちが大勢いる……、いっぽうでは平気で食べ物を捨てている人々が大勢いる……、どうして人間は、こんなひどいことを同じ人間にできるの、アラン……?」

答えられる言葉がアランにはなかった。ジジの言っていることは、まっすぐで正しい。どんなに偉《えら》い人だって、この状況を正当化できる者などいるはずがない。

「ジジ、君の言ったことは正しい。このことを決して忘れちゃいけない。君たち、子供たちが、このゆがんだ世界を時間をかけて正していくんだ……」

これがアランの精一杯《せいいっぱい》の返事。果《は》たしてジジに残された時間が十分にあるのか、どうかさえもアランには分からない。でも諦《あきら》めたら、そこで終わる。

ジジの訴えは、一方ではアランの心に暖かい灯《ひ》を点《とも》していた。この話を通して、ジジと歩く道が一緒になったと心底思えたからだ。

それはまたマリアンヌが導いてくれた道。

ジジは感性豊かなかしこい子。「利他《りた》の心《こころ》」を持つ大人になってくれるという強い確信が、この時アランには生まれていた。

「利他《りた》の心《こころ》」を持つことは、環境破壊をくい止めるための第一歩。

心を通してアランと会話できるようになった娘のジュリーもまた、ボルネオ島での自《みずか》らのきびしい経験を通して、アランに衝撃的《しょうげきてき》な言葉を伝えていた。

医師であり、科学者でもあるジュリーは、それだけに人間の科学について深く慨嘆《がいたん》している。その思いとは、

「人間の科学ほど未熟《みじゅく》で傲慢《ごうまん》なものはない。科学の主たる進歩は狂人のゲームである戦争とともにある。戦争のために生まれたもの、毒ガス、爆薬、銃火器等の多様《たよう》な殺戮《さつりく》兵器、原

子爆弾などなど枚挙《まいきょ》に暇《いとま》がない。その結果に対する考慮は皆無《かいむ》だ。人のために生まれた科学は人にやさしい。その結果を十分に考慮して世に出される。承認に時間のかかる薬品などがいい例だ。科学の功罪《こうざい》を問えば、圧倒的に罪の比重が重い。オゾン層の破壊、二酸化炭素問題、地球の高温化など、人類の滅亡《めつぼう》にこの未熟《みじゅく》な科学の知識が追い込んでいる。そしてその責任を問われる科学者たちの常套文句《じょうとうもんく》は、我々の仕事は開発であり、それを使うのは人間の英知《えいち》だ……。人間に英知《えいち》がないのを知りながらのこの言葉には、呆《あき》れて二の句《く》が告げない……」

この娘の嘆《なげ》きの言葉に対しては、

（ジュリーもずいぶんと手厳《てきび》しいことを言うようになったなぁー……）

というのがアランの思いだった。

が、憤《いきどお》るでもなく、さびしそうに淡々《たんたん》と語っていた娘ジュリーのこの言葉、それは人間が引き起こした厳しい環境悪化の中で、長い間仕事をつづけてきた結果、そして良心をもって、なおも前向きに生きようとする、独り立ちした医師としての彼女の思いだったのだろう。

ジュリーの住むボルネオ島でも環境破壊は日常茶飯事《にちじょうさはんじ》。熱帯雨林が人間の強欲《ごうよく》のために、急速にその面積を縮小《しゅくしょう》させ、生き物たちを絶滅に追い込んでいる。

この環境で、目をそむけたくなるような悲惨《ひさん》な状況を、直接見てきたからこその示唆《しさ》に富むジュリーの言葉、アランの胸にも確かに届いていた。

だが、この時のジュリーの淡々《たんたん》とした嘆《なげ》きの言葉が、実は重大で深刻な意味を持ち、途轍《とてつ》もない重圧で、後日《ごじつ》アランに圧《の》しかかってくるなどとは、この時のアランに予見することはできなかった。

森の生活は、心のより奥深くへ旅をするようにアランを導いている。

一月《ひとつき》ほど経った十月の終わり、ジジとアランは、胸が引《ひ》き裂《さ》かれるような、過去に経験したことのないほどの悲しみに見舞われることになる。

その日、ジジはいつものようにキャシーとフレッドを連れて、久しぶりにサラダにする野草や、ベリーを摘《つ》みに森の奥に入っていた。

ジジの右腕に抱えたバスケットが、野草とベリーで半分程埋まった頃合いだった。

「ウウゥー……」

と、フレッドが小さくうなり出した。小さなリュックを背負《せお》ったジジはフレッドの賢《かしこ》さを知っている。無駄に吠《ほ》えないし、うなりもしない犬だ。彼女も用心深く辺《あた》りに目を這《は》わせていた。

リュックの上にはキャシーがのっているが、そのキャシーも緊張《きんちょう》した様子。ジジの後ろを歩いていたフレッドが前に移動してきた。

風下《かざしも》の茂みをザ、ザ、ザ、ザ、ザ、となにかが走る音がする。

ジジにはなにも見えない。が、キャシーとフレッドには彼女には見えないものの正体が分かっているのだろう。

フレッドは腰を低く落として何かを迎え撃《う》つようにうなり声を高くしている。キャシーもリュックの上から地面に下り立ち、全身の毛を逆立《さかだ》ててなにかを威嚇《いかく》している。

間もなくその正体が二十メートルほど先の藪《やぶ》の中から、のっそりと姿を現した。

それは一頭の痩《や》せた大型の灰色狼だった。

フレッドは突然、向きを変えると山小屋の方を目指して走り出した。キャシーもつづく。

ジジも遅れまいとつづいて走る。

狼も追ってくる。フレッドはまた突然向きを変え、今度は狼を迎え撃《う》つ姿勢をとった。キャシーもフレッドに倣《なら》う。ジジも立ち止まった。

立ち止まったジジに、フレッドは振りむきざまに、「バゥ、バゥ……」と低く吠《ほ》える。それはまるで、

「ジジは逃げつづけろ……！」

というように聞こえた。ジジはまた山小屋に向かって全速力で走り出した。

狼は死ぬまで一夫一婦の関係を守る。だから狼の群れは夫婦を中心とした家族で成り立っている。当然その結びつきは固く、狩りの仕方もその連帯意識《れんたいいしき》から生まれる。強い連帯感からくるのだろう、群れで行う狼の狩りの成功率は、五十パーセントほどと言われるようにかなり高い。

持久力《じきゅうりょく》のある脚力《きゃくりょく》で獲物《えもの》を追いかけ、獲物が疲れたところで別の狼が待ち伏せをして獲物をしとめる、というのが群れで行う狼の通常の狩りの仕方。

その群れの中から、自分の家族を作ろうとして出ていくオス狼が出てくる。それが一匹狼と呼ばれる狼。

すぐに伴侶《はんりょ》となるメス狼に出会えれば問題ない。が、多くの狼にその幸運は中々めぐってはこない。群れで狩りをする狼が、一匹狼になれば、その狩りの成功率は激減《げきげん》する。結果的に一匹狼は常に腹を空《す》かせて、メス狼を探して彷徨《ほうこう》することになる。

ジジたちが遭遇《そうぐう》したのは、そうした一匹狼だった。

山小屋に帰り着いたジジの肺は、ふいごのように激しく喘《あえ》ぎ、しばらくは口もきけなかった。そのジジの姿にアランは異常を感じ、両手でジジの肩を抱いたまま、ジジの口から出る言葉を待っている。

ジジは切《き》れ切《ぎ》れに状況をアランに伝えた、

「オオカミ……、襲われて……、フレッドとキャシーが大変……、すぐに……、行って……、あげて……」

アランは壁に掛けてあった猟銃を手に取ると、弾倉《だんそう》に弾《たま》をこめながら、ジジがもどってきた道を脱兎《だっと》のごとく駆けだしていく。

ジジも台所で水を一口飲んで一息《ひといき》つくと、思わず目の前にあった包丁《ほうちょう》を握りしめ、アランの後を追いかけて行った。

息せき切って現場に駆け付けたジジは不思議な光景を目にしている。森の奥はすでに耳鳴りのするような静寂《せいじゃく》に包まれていた。

アランとリーズが並んでいる姿。その足元にはフレッドの横たわったままの姿。そしてその二メートルほどの所にキャシーのピクリとも動かない姿。

固く握りしめていたジジの手から、包丁がポトリ、と音を立てて地面に落ちた。ジジの両目から熱いものが流れ落ちてくる。

そのままジジはアランの許《もと》へと歩いて行く。アランは近づいて来たジジの頭を両手でしっかりと抱きかかえた。

その時、ジジの囁《ささや》くような涙声がアランに届いた、

「見て、アラン、フレッドの尻尾《しっぽ》……」

すでに息絶えたと思っていたフレッドの尻尾《しっぽ》が、弱々しく二、三度振られている。

フレッドの鋭い嗅覚《きゅうかく》がジジとアランの臭いを、体に残っていた最後の力で嗅《か》ぎ取ったのかもしれない。やがてその動きも止まった
アランには新たな涙が湧き上がっていた。フレッドが尻尾を振って、最後の別れをしてきたように思えたからだ。

やがてアランは息絶えているキャシーの許《もと》に行き、その亡骸《なきがら》を抱きかかえた。

キャシーはいつもすまして気取り屋だった。いつも体をなめて身だしなみを整えることに余念《よねん》がなかった。

いつものそのキャシーの姿とは真反対に、絶望的な闘いを狼に挑《いど》んだキャシーの眼は大きく見開かれ、小さな牙《きば》がむきだしの、無念《むねん》そうな恐ろしい形相《ぎょうそう》になっている。

フレッドが生きているうちにキャシーが死ぬことは絶対にない。自分の命を賭《か》けてフレッドは弱いキャシーを守りぬくからだ。

フレッドが動けなくなってから、キャシーは狼に闘いを挑《いど》んだのだろう。

猫には木に登るなど、狼を避《さ》けるための手立てはいくらでもある。そして当然のことながら、ほとんどの猫はそうする。

（負けると分かっていて、死ぬと分かっていて、なぜおまえは狼に挑んだのかい……？）

そうキャシーに問いかけるアランに、フッと心の中をなにかが過《よぎ》った、それは抱きかかえられたキャシーからの、アランの心の中で生まれたささやきだった、

（あたしは今までとてもよくしてもらった……、でも邪魔《じゃま》にこそなれ、ジジを守るために役立つことは、なに一つできなかった。あたしはそれがホントに悔しかった……。フレッドが死んだ今、ジジを守れるのは、もうあたししかいないでしょ……、やっとあたしにも、ジジのためにやれることができたのよ……。だから狼に向かっていった……、当然のことをしたまでのこと、だからもうあたしのことで悲しまないで……）

キャシーはジジのために、なにかをしたいといつも願っていた。それが、この状況でジジを守るという切羽《せっぱ》つまったものになってしまった。

彼女にとっては、自分の命を捨てて、ジジを守るということは当然のことだった。そのキャシーの心根《こころね》を想うと、アランには激しくこぼれ落ちてくる涙を止められない。

気づくと、ジジが無念《むねん》そうにゆがんだキャシーの顔を、涙目でのぞき込んでいる。

キャシーは女の子だ。ジジはやさしく両眼を閉じてやった。小さな牙《きば》を口の中に隠して

やった。いつもの可愛いキャシーの顔がもどってきた。

ジジはアランからキャシーの亡骸《なきがら》を優しく抱きとった。その次の瞬間、顔を亡骸《なきがら》にすりつけた、ジジのくぐもった泣き声がもれ出してきた。ジジもキャシーが、こんなに小さい体で自分のために犠牲になったことを悟っていた。

こんなに悲しい時は大声で泣けばいい……、アランがジジを慰《なぐさ》めることはなかった。

辺《あた》りを見回すとリーズがいない。この時はじめてアランは気がついた、リーズに対してなんの恐怖心も持たなかった自分に。

役目を終えたリーズは自分の暮らす森に帰ったようだ。

アランは十メートルほど離れた所に、くの字に曲がった狼の亡骸《なきがら》に気づいた。誰にも知られずに死んでいる。ジジに話を聞いたアランは、狼が一匹狼だということに気づいている。

この狼はあまりの空腹に耐《た》えかねてジジたちを襲った。フレッドとの闘いを制し、キャシーが挑《いど》んできたからキャシーも制した。その時にリーズがキャシーとフレッドを助けに現れたのだろう。

だが少しの差で間に合わなかった。狼は獲物を横取りされると思い、リーズに闘いを挑んだ。だが狼はグリズリーの敵じゃなかった。

リーズから放たれた一撃で狼は背骨を折られて命を落とした。狼が単独でグリズリーに闘いを挑むなどとは常識では考えられない。それほどの飢《う》えに狼は襲われていたのだ。その狼を見るアランの目には、憎しみの色じゃなく憐憫《れんびん》の情（可哀そうと思う心）が浮いていた。生きるために、ここで命を落とした生き物たちはすべて、「森の道理」に従い、最期の瞬間まで全力を尽くしたのだ。

キャシーとフレッドはジジを守るために。ジジに愛情をもって育てられていたキャシーとフレッドにとっては、ジジを守ることは生きることと同じ意味。そして狼は文字通り、生きるために必死で闘い、力およばずに死んだ。これが野生の世界。

リーズは命の恩人の家族を助けに駆けつけた。闘う相手が狼ではなく、同じグリズリーであったとしても、以前ジジとアランを助けたようにリーズはきたはずだ。

キャシーとフレッドそしてリーズの、この日の行動には本能以外の、もっと高みにある感性、例えば知性……、というようなものをアランは、あらためて強く感じている。

言葉には言い尽くせない悲しみを通して得られたこの感覚、アランには終生《しゅうせい》忘れられないものになるだろう。

キャシーとフレッドのいない生活は、二本の櫛《くし》の歯が欠けたような、調和のとれない暮らしに変わっていた。あるべき姿がない、ということは心に不安定さをもたらす。

ジジもアランも時折、それまでにはなかった、ふさぎ込む表情を見せるようになった。

キャシーとフレッドは、初めは招かれざる同居人《どうきょにん》だった。が、暮らし始めてすぐに信頼が生まれ、欠けてはならない、体の一部のような同居人《どうきょにん》になった。

それほどまでに五年間の、この四人の生活には濃密《のうみつ》な愛情の交感《こうかん》があった。まさに愛で結ばれた四人家族。

キャシーもフレッドも、自分たちと同じ心を共有していた。だから命をかけてジジを守った。だからジジもアランも、そんな二人の死を簡単には認められない。

そういう辛く悲しい日々も、日ごろは冷徹《れいてつ》で非情な表情しか見せない時の流れが、やさしく二人を包み込んでくれた。

さしもの悲しみや心の痛みも、やがては時の流れが徐々に薄れさせていった。

その状況は、ジジにはより一層の勉学に向かわせ、アランにはより深い自然環境の研究へと導いていった。

アランには以前、娘ジュリーが淡々《たんたん》と語った、人間の「科学の未熟《みじゅく》さ、傲慢《ごうまん》さ……」という一連の嘆《なげ》きの言葉が、一言一句《いちごんいっく》、脳裏《のうり》に刻印《こくいん》を打たれたように刻《きざ》み込まれている。

あの時も軽く考えていたわけじゃなかった。が、心のどこかに自分の娘の言葉、という侮《あなど》りがあった。それでも、娘の言葉は傾聴《けいちょう》するに値《あたい》する、くらいのことは思った。が、それだけじゃない……、という気持ちが、環境の悪化につき研究しているアランには、日増しに強くなってきている。

そしてその思いは、今やあの言葉は、真実のど真ん中にアランを導く鋭く尖《とが》った槍《やり》の穂先《ほさき》、を感じるほどに強くなっていた。

アランは、産業公害と呼ばれるオゾン層の破壊やプラスチックごみの研究をしている。まさにこの産業公害は科学の知識から生み出された弊害《へいがい》。

特にオゾン層の破壊は、家電製品の生産に供《きょう》されていた、自然界には存在しない、フロンという化学物質が直接的に影響している。

オゾン層は太陽光に含まれる有害な紫外線《しがいせん》から、人間を含むすべての地球の生物を守る。これが破壊されれば、特に人間には、皮膚《ひふ》がん、白内障《はくないしょう》そして免疫低下《めんえきていか》などの重大な悪影響をおよぼす。フロンはそのオゾン層を破壊する。

千九百七十年代に入り、南極上空にオゾンホールが発見され、そのフロンの悪影響が強く指摘されていた。

それにも関わらず、家電製品の生産企業からは因果関係は証明されていないとして、「オゾン層保護のためのウィーン条約」が千九百八十五年三月に締結《ていけつ》されるまで、フロンは生産禁止されていなかった。

経済活動を優先させる政府もそれを認めていた。その間にもフロンは生産されつづけ状況を格段に悪化させている。

二千年には南極大陸の二倍にまでオゾンホールが広がった。オゾン層破壊のピークは二千二十年頃とされ、二千五十年頃には千九百八十五年以前にもどると科学は予測している。

人間の科学は未熟《みじゅく》、この数値は重大な関心をもって油断なく監視されるべき、というジユリーのきびしい声が聞こえてくる。

このフロンの場合は、疑わしきは罰《ばっ》せずという、推定無罪《すいていむざい》の原則が適用された。が、事《こと》、環境問題に関する限りは、疑わしきは規制する、という推定有罪《すいていゆうざい》の原則が適用されるべき、とアランは考えている。

疑わしい、と分かった時点で生産禁止されなければ、事実と分かった時点で禁止しても、すでに遅すぎたという状況、まさにフロン規制のような状況が生ずるからだ。

またプラスチックごみの問題についても新たな深刻《しんこく》な状況が生じている。

すでに形のあるプラスチックごみの問題は、世界中で深刻化し、特に海洋においては、その深刻度の度合《どあ》いを限りなく深めている。

この問題に解決の目処《めど》さえつかないうちに、他方では、姿の見えないプラスチック問題が生まれてきている。

目に見えない粉塵化《ふんじんか》したプラスチック、これが近年問題視されている。

プラスチック素材の粒子《りゅうし》が大気中に含まれていることは、いま世界中で報告されている。

投棄《とうき》されたプラスチック製品が、紫外線《しがいせん》などで劣化《れっか》し、それが車などで何度も踏みつぶされ、細かな粒子になり大気中に飛び散る。

呼吸をするたびに人は、微粒子《びりゅうし》化されたプラスチックを体内に取り込むことになる。

肺に入ればアスベスト禍《か》と同様、いやそれよりもはるかに広範《こうはん》で、深刻な影響を生みだすことになる。

目に見えないプラスチックから派生《はせい》する、沈黙《ちんもく》の新たな脅威《きょうい》が、新しい病気の元になると危惧《きぐ》されている。

今まで人間は経済活動を通して得られる利益を守るために、環境悪化の原因と思われる問題にも、その原因を無害化するような表現を用い、曖昧《あいまい》な態度をとりつづけてきた。

それが今日の深刻な環境破壊を引き起こしている。

人間はそれでもなお、利益を享受《きょうじゅ》するために今までのように環境問題を先送りし、従来《じゅうらい》通《どお》りの良心なき経済活動《けいざいかつどう》をつらぬき通すのか……？

経済《けいざい》（金銭や商品の流通によって成り立つ社会活動）の最大原則《さいだいげんそく》は「最小投資《さいしょうとうし》の最大効《さいだいこう》

果《か》」。平《ひら》たく言うと、一円出してどれだけ多くの利益をかせぎ出せるか、ということ。

数字の世界だ。人のやさしさが入り込める余地はどこにもない。

凄腕《すごうで》の実業家として、また富《と》める者の一人として、絶頂期《ぜっちょうき》をこの世界で暮らしていたアランには、経済という正体の実相《じっそう》が透《す》けて見えている。

本来すべての人々の利便《りべん》のためにある経済は、今や人口の一パーセントにも満たない金《きん》満家《まんか》の既得権益《きとくけんえき》になり果《は》てた。そして現在の経済を維持《いじ》するには、地球の許容範囲《きょようはんい》をこえてもなお、増えつづける大きな人口の規模《きぼ》を必要としている。

アランはイソップ寓話《ぐうわ》を時々思いおこす。この教訓《きょうくん》の背景には「自然の道理」が息づいているからだ。

その中の一つ、誰でも知っている「蟻《あり》とキリギリス」の寓話《ぐうわ》。

現状は、一部の肥《こ》えふとったキリギリスが経済や社会を支配し、人口のほとんどを占める蟻《あり》のように勤勉《きんべん》に働く人々を支配している。

その状況は、決してあってはいけないことだが、貧しい子供たちを大勢生みだす結果にもつながっている。

イソップの寓話《ぐうわ》とは真反対《まはんたい》の苦しい状況に、人々は追い込まれ、泥にまみれ、火にやかれるような苦しみにあえいでいる。

このことを通して分かることは、努力は報《むく》われる、という「不変《ふへん》の真理《しんり》」に背《そむ》く状況が現在では、大手《おおで》をふって歩いている、そしてその状況は、誰も、なにもしなければ、今からもつづいていくということ。

現在はゆがんだ状態。が、ゆがんだ状態も長くつづくと、なにが異常なのか分からない、低温やけどの状態に陥《おちい》ってしまう。早く気づかなければ致命傷《ちめいしょう》になりかねない。

アランは環境悪化の問題と、この経済問題は表裏《ひょうり》の関係にあると考えている。悲しいことに、人の明るい未来を切り開くための科学も、この経済に取り込まれているからだ。だから利益優先の産業公害が生まれ、多数の人を苦しめる。自明《じめい》の理だ。耐《た》えられないほどにアランに重く圧《の》しかかる思いは、近い未来の子供たちに残される、大災害の芽《め》となるような数々《かずかず》の「負《ふ》の遺産《いさん》」。

それを考えると、アランには口にする言葉さえない。

未来をになう子供たちは、もうすでに大人たちの目先の欲望のために、かつげないほどの重荷を背負《せお》わされている。

現在、大国と呼ばれる世界の多くの政府やそのリーダーたちの姿、哀《あわ》れなほどに目がくもり愚鈍《ぐどん》。酸素も金で買えると思っているのだろうか……？

これほどの凄《すさ》まじい環境破壊を目《ま》の当たりにしても、なお目先の欲を追いかけ、また領土拡大などに血道《ちみち》を上げている。

人類の危機とも呼ぶべきこの時に、戦争などという狂人のゲームに時間と金を費やす余裕は人間には残されていないはず。

だが、今日も激しい戦闘がつづいている地域がある。多くの人の命が失われ、自然には通常よりも遥《はる》かに重い負荷《ふか》がかけられている。

この人間の愚行《ぐこう》を何と呼べばいいのだろう……？

その姿からは、子供を守ろうとするかしこい人間の姿は、欠片《かけら》さえも見えてこない。

さらにグリーンランドの一日八十五億トンもの氷河の流出、四十九・八度の北国《きたぐに》カナダの最高気温、そして、二千五十年頃からの森林の二酸化炭素放出、防潮堤《ぼうちょうてい》を作らせるほどの急速な海面上昇等々《などなど》、人類の終末期を彷彿《ほうふつ》とさせる現象《げんしょう》が多発する深刻な現状。

この重すぎる多くの荷物が、大人たちからの未来をになう子供たちへの置き土産《みやげ》。子供たちに語りかける言葉、アランがどれほどさがしても見当たらない……。

だが「自然の道理」は公平。

愚《おろ》かで強欲《ごうよく》な人々が現れれば、それに対峙《たいじ》する存在も現れる。

アランは子供たちのになう重荷を減らすために、子供たちに常に寄り添う母親たち、若者たち、そして声なき声を持つ「沈黙の大多数」に希望をたくしている。

社会や経済は本来、万民《ばんみん》の幸せのためにある仕組み。

この人々の存在が大きくなれば、その意見が社会の中心になれば、まだ間に合う、まだ子供たちが笑みを浮かべられる未来を取りもどせる、諦《あきら》めるには早すぎる……。

アランがその信念を失うことは決してなかった。


キャシーとフレッドの墓を立ててから、一年ほどが経とうとしていた。

時々リーズがキャシーとフレッドの墓参りにきているようだ……、と、そう思うしかないような状況が生じている。

ごくたまに家の周りに傷痕《きずあと》の残ったリーズの足跡があり、その足跡が山小屋の裏手に作ったキャシーとフレッドの墓の周りにつづいているのだ。

リーズの姿を見たことはない。またなぜそういう行動をしているのかも分からない。でもそう考えることがジジにもアランにも、もっとも得心できた。

リーズの足跡はジジとアランに、なぜか安らぎをもたらしていた。

不思議なことに、リーズに見守られている……、というように感じられるのだ。もうアランにはリーズに対する恐怖心はなかった。

そんな安らぎの時がおだやかに流れる、ある夜の出来事だった。

ジジもアランも遠くで聞こえる猛々《たけだけ》しい吠《ほ》え声、重低音のうなり声を聞いていた。二人は窓を開けると耳を澄《す》ませた。

その威嚇《いかく》するような吠え声とうなり声は徐々《じょじょ》に遠ざかり、しまいには夜の静寂《しじま》に溶け込むように消えていった。

あの重低音のうなり声はグリズリーに間違いない。リーズだったのか……？もしリーズであれば、相手は何者なのか……？

二人は互いに顔を見合わせたが、その答えが分かるはずもなかった。

奥に駆けこむとジジが、大型の懐中電灯を持ち出してきた。うなり声の後を追いかけようというのだ。

アランはジジを止《と》めた。森の生き物たちは夜目《よめ》が利《き》く。人間にその能力はない。もし夜に出歩けばジジとアランは、明るい昼間に杖をついて歩く盲人《もうじん》と同じ状態。

こちらからはなにも見えなくても捕食者がいれば、彼らからは自分たちの姿は丸見え。これほど危険な状態はない。

夜が明けてから見に行くということでジジも得心《とくしん》した。

危険だからといって、そのままこの状態を見過ごすことはできない。原因が分からなければ、常に怯《おび》えて暮らすことになる。だからそのための調査は必要。

自然の中で暮らすということは、言い換えれば、常に危険と隣り合わせで暮らすということ。それを知っているジジにも、アランにも怠《おこた》りはない。

翌朝ジジと、小さなリュックを背負い、猟銃を肩にかけたアランは、吠え声が聞こえた方向に見当をつけて、森の中へと踏み込んでいく。

山小屋で待つようにと、こんな時にはジジにはいつも言っているのだが、ジジは頑《がん》として耳を貸さない。山小屋で一人で待つ不安を考えれば、

「アランと一緒にいる方が何倍か安心できる。もし死んだとしても、アランと一緒なら、ジジは怖《こわ》くない……」

ここまでジジに言われれば、もう連れていくしかない。だがジジを死なせることだけは、絶対にしない。それがこの世を去った二人に、アランがした約束。
七、八分歩いてくると、辺《あた》りの草地が乱暴に踏み荒らされた場所に出た。その踏み荒らされた跡がずっとつづいている。さらに二十分ほど歩いてきただろうか、血があちらこちらに飛び散っている場所を見つけた。
その血の跡がさらにしばらくつづくと、やがて、血を滴《したた》らせた姿がジジとアランの視界の中に入ってきた。それは一頭の巨大なオスのグリズリーの息絶《いきた》えた姿。

体のあちらこちらを噛《か》まれ、かなりの出血をしている。が、死因は強烈な頭部への一撃

による撲殺だった。オス同士の闘いでここまで激しく争うとは……、この森のすべての生き物に、今は精通しているアランも初めて見る光景だった。

オス同士の闘いであれば、相手が引けばそれ以上の攻撃はしない。それが暗黙の掟だ。この闘いは異常なものにアランには映《うつ》っている。

アランはなおもこの亡骸《なきがら》を調べていた。間もなくアランは、その手掛かりを見つけ出す。このグリズリーの左の耳がなかったのだ。

アランの記憶は、約一年前のリーズが闘っていた姿を甦《よみがえ》らせていた。

あの時リーズは相手のグリズリーの左耳を食いちぎっていた。だがあの時は、リーズは命まで奪おうとはしなかった。

しばらく考えていたアランに、ある推論《すいろん》が浮かび上がってきた。そしてその推論《すいろん》はアランには、心の底からうなずけるものだった。

その考えを証明するには、この亡骸《なきがら》の相手はリーズでなければいけない。アランはジジにも話して、闘った相手の足跡を探すように指示した。

二人が探し始めて十分ほど経った時だ、少し離れた藪《やぶ》の向こうから、

「あったよ、アラン。リーズの足跡が……」

という声が上がった。

アランが急いでいくと、草地が切れてむきだしの地面が見えている場所があった。そこに残っている足跡は、紛《まぎ》れもなくリーズの傷跡《きずあと》のある足跡。

だが周りには血が滴《したた》った跡もある。リーズも傷を負っているようだ。ジジとアランは心配そうに、その血の跡をたどっていく。

幸いにしてリュックの中には救急備品が入っている。どこに傷を負っているか分からない。がその部位によっては致命傷になる危険もある。一刻も早い治療が必要だ。

二人は必死にリーズの後を追った。

だが間もなくリーズは、浅い小川に入って血の臭いと足跡を消し、自分の痕跡《こんせき》をすべて川の水に流していた。自然に生きる生き物としては当然の行為《こうい》。

小川の中を歩かれたのでは追跡《ついせき》は不可能。二人は、リーズの傷が軽症であることを願い追跡《ついせき》をあきらめた。

アランは、二人を守ろうとするリーズの思いに、深く感謝していた。アランはジジに自分の推論《すいろん》を語って聞かせた。

「—クマは知能の高い生き物。ロシアのサーカスでは、クマは多芸に通じ、主役の座にあることは広く知られている。その知能の高さは記憶力にもつながる。

去年、ジジとアランを襲《おそ》おうとしてリーズに追い払われ、左耳を失ったグリズリーは、この二人の存在を記憶していた。今年もジジとアランを狙っていた。が、リーズがこの二人を守っているなどとは夢にも思わない。二人を狙っているところに、今年もリーズが現れた。そして今年は命をかけての闘いになった。

リーズが左耳のないグリズリーの、息の根を止めようとして闘いを挑《いど》んできたからだ。生かしておけば、いつまでも命の恩人の二人を狙《ねら》いつづける……、とリーズは考えた。オス同士の闘いでは、命のやり取りをするまでの争いには発展しない。その暗黙《あんもく》の掟《おきて》を破って、リーズは二人を守るために、相手のグリズリーの息の根を止めていた。その結果、リーズも傷を負ってしまった……」

その推論《すいろん》を聞いたジジも、納得《なっとく》するように大きくうなずいた。

行きがかり上、アランが軽い気持ちで命を助けたグリズリーが、その恩を感じて、二度までも二人の命を助けてくれた……、このことはアランの胸に、ズシリ、とした重みをもたらしている。

第六章　山火事

森の生活も十年目を迎えようとしている。

そんなある日、ふもとの町から連絡がきた。

オタワのクロードが危篤《きとく》との知らせ。ジジとアランは急いで旅行鞄《かばん》に荷物をつめると、エドモントンの空港まで車を飛ばした。

オタワまでの機内では、気丈《きじょう》なジジが黙りこくって涙を流していた。

九年前に母親を亡くし、そして今度は祖父を失う。もう誰もこの世に血のつながった者はいない……、天涯孤独《てんがいこどく》になったということだ。

今まで考えたこともなかったその心細《こころぼそ》さに、突然気づかされたジジの心臓は、なにかにギュッと鷲掴《わしづか》みにされたような心地《ここち》になっていた。

そのジジの手をアランの手が優しく包みこんできた。

「ジジ、君にはジュリーという姉さんもいるし、僕という父親と言ってもいいような身近な人間もいる。一人じゃないんだ、心配することはなーんにもない……」

語尾を多少おどけたようにジジに話しかけると、ジジは涙目に小さな笑顔を浮かべた。

ジジは人一倍気の回る子だ。この世に血縁《けつえん》のいない、天涯孤独《てんがいこどく》の身になったということにはいずれ気づくと思っていた。

自分の目の黒いうちにはジジを決して一人にはしない、アランはジュリー同様、ジジをいつしか実の娘のように思っている。

ジュリーは欲呆《よくぼ》けしていた頃の自分を反面教師《はんめんきょうし》として強く育った。ジジは自分の善の心を見て優しく育っている。

それだけに、まだ手のかかるジジは、今ではなによりも大切な存在になっている。

できれば、パパ……、と呼んでほしいとさえ、内心では思っている。でも子供には呼び方にこだわりがあるようだ。

ジジの心が自分と一緒にあるのなら、今のままで十分……、彼はそう思っている。

ジジはアランの肩に頭を寄せて、いつしか安心したように眠りに落ちていた。

機内の読書灯で本を読んでいたアランは、親指と中指で両目を揉《も》みこむようにして本から目を離すと、一年前にクロードを見舞った時の記憶を呼び起こしていた。

痩《や》せ衰《おとろ》えたクロードは、病床《びょうしょう》からアランの目に語りかけていた。

「本当に自分は、自分を頼ってくる信者の苦しい心に寄り添っていたのか……? 自分の説教は単に見過《みす》ぎ世過《よす》ぎ（生活の手段）のための、教会からの受け売りじゃなかったのか……？正しいことを言うだけが説教じゃない、本当に信者に寄り添い、心の苦しみを分かち合うのが自分の仕事じゃなかったのか……？」

そして最後の言葉が、まだアランの記憶から消えずに残っている、

「そういう思いでマリアンヌに接していれば……、マリアンヌはジジにあんな切《せつ》ない思いを残して最期を迎えることはなかった……」

マリアンヌへのこの思いは、片時《かたとき》もクロードの心から消えることはなかったのだろう。長年の牧師としての重労働に、心の中にポッカリと開いてしまった虚《むな》しさが重《かさ》なり、クロードは徐々《じょじょ》に病《やまい》を重くしていった。

この状態を見たアランには、クロードにかける言葉はなかった。痛いほどに彼の気持ちを理解できていたからだ。

アランは、病《やまい》の床《とこ》にいてさえ苦しむクロードに、そう長くはない命の灯《ひ》を見ていた。だから、クロードの危篤《きとく》の知らせは、アランにとってはそう驚くことでもなかった。

「間もなく当機は着陸いたします……」

という機内放送で、アランは我に帰ると、よく寝ているジジを起こしにかかった。

空港から病院まで車を飛ばす。

二時間ほど後《のち》、二人は数人の修女（修道女）と医者が付き添うクロードの病床にいた。なんとか間に合ったようだ。ジジは痩《や》せたクロードの手を涙目で両手で握りしめ、じっと彼の目を見つめていた。

「ジジ……」

そう言うと、クロードの目から一筋の涙がこぼれ落ちた。

そしてクロードはアランを見た。アランも見つめた。やがてクロードの目は閉じられ、永遠の眠りに入った。

そこにいた人々のすすり泣きがもれ始めた。ジジもクロードの痩せこけた顔を見つめて大粒の涙を流している。

クロードが最期にアランを見た時、アランが見たのは、クロードの目から放たれた一瞬の光だった。クロードとアランはマリアンヌを通して互いを信頼する友になっていた。

アランは、周りのすすり泣きを聞きながら、その目の光に向かって、

（大丈夫だよ、クロード。ジジは僕が守りぬくから……）

とささやいた。アランはクロードの、その無言の最期の思いを理解していた。

その後三日ほどは、ジジもアランもクロードの葬儀《そうぎ》などで忙殺《ぼうさつ》され、山小屋に二人が帰り着いたのは四日後の昼過ぎになっていた。

その日の夜のことだった。アランはクロードの不思議な夢を見ていた。クロードが涙を流しながら天国の階段を上がっていく。あの涙が尽きるまでは、まだ生《なま》身《み》の感覚なのかもしれない。

やがて遠くに白い光が下りてきた。その光の中に三つの姿がある。その一つはベールを被《かぶ》った女性の姿、でも後ろの白い光の所為《せい》で顔は良く見えない。マリアンヌなのだろう。驚いたことに残りの二つの姿は、腰をおろしたキャシーとフレッド。クロードとは無縁なキャシーとフレッドがなぜそこにいるのか分からない。

深い因縁《いんねん》の世界で結ばれているということなのか……？

気づくと四つの姿がアランを見ている。その視線はアランに今までに感じたことのない、おだやかな安らぎをもたらしていた。

目覚めた時には、なんとも爽快《そうかい》な気分に包まれていた。自分の最期にもキャシーとフレッドは迎えに来てくれるのかも……、そういう思いが一瞬アランの胸中を過《よぎ》った。

翌日からは、また普段と変わらない日々が始まっていた。

勉強と自然環境の研究。その合間に、野草やベリーを摘みに二人で森の奥へと入っていった。驚いたことに、リーズがまた山小屋の周りを歩き回っているようだ。

このリーズの足跡を発見した時、二人は手を取り合って喜んだ。

出血を心配して、追跡《ついせき》までしていたリーズが元気に回復していたということを、この足跡で二人が知らされたからだ。

この山小屋の辺《あた》りもリーズは縄張《なわば》りにしたのかもしれない。

足跡は山小屋の周りにあり、それが相変わらず、キャシーとフレッドの墓にまでつづき、そして山の奥へと消えている。

だがアランに油断はなかった、以前の一匹狼のような状況もある。油断は命取り、このことは自然の中で暮らす上での鉄則だった。


季節は七月へと移っていた。最近は地球温暖化ということで世間《せけん》が喧《かまびす》しい。この辺《あた》りでもかなり暑くなってきたような気がする。

カナダという国は、暖房は必要でも冷房とは無縁《むえん》の国柄《くにがら》。それが最近では冷房を必要としているとの話を方々《ほうぼう》で聞くようになった。

自然環境を研究しているアランには、その理由を理解できる。だが最近のこの暑さは異常に過ぎる。

そんなある日のこと、森の中から、何かしらざわめいたものが伝わってきた。森に長く暮らしていれば、森が生み出す波長《はちょう》のようなものを感じられるようになる。

いつになく、今朝《けさ》早く目の覚《さ》めたアランには、その波長《はちょう》が微妙《びみょう》に乱れているように感じられた。

いつもであれば、快《こころよ》く聞こえてくる鳥たちのさえずりがまったくない。鳥が高い空を飛んでいる。それも北の方を目指しているようだ。

リスとかウサギとかの森の小動物も、時々姿を現し北の方へ移動している。

この時、アランの背筋《せすじ》を冷たい悪寒《おかん》のような感覚が走った。この森の生き物たちの行動を通して、アランの感覚が山火事の予兆《よちょう》を感じ取っていたのだ。

最近は、過去最大と称《しょう》されるような大規模《だいきぼ》な森林火災が、世界各地で発生している。

この原因にも人間の引き起こした地球温暖化による高温と、それに伴う山の乾燥《かんそう》が深く関係している。以前にはこんな規模《きぼ》の山火事は想像もできなかった。

二千十九年九月から翌年の二月まで燃えつづけたオーストラリアの森林火災は、焼失面積がポルトガルの全国土を上回《うわまわ》るという、想像を絶する大規模火災となった。

一部の野生動物は完全に死滅《しめつ》したとも考えられている。

地球温暖化が加速《かそく》する中こうした大規模火災は、どの国においても起こる可能性があり、決してオーストラリアだけの問題じゃない。

アランの脳裏には、新聞を通して得られたこうした情報も記憶されている。

この辺《あた》りはカナダ西部に位置するが、夏場には三十五度を越える日も珍しくなくなった。最近も高温がつづき、乾燥注意報が連日のように発令されている。この状態で、山のどこかに火がつけば、あっという間に燃え広がるのは、他の森林火災の例を見るまでもない。そして森林火災の場合、火を感じたら、もう最期だと思うしかない。火事の場合、死因の殆《ほとん》どが窒息死《ちっそくし》、煙に巻かれて死ぬ。その後追いかけてきた火で亡骸《なきがら》が焼かれる。

そういう基本的な知識を持つアランに逡巡《しゅんじゅん》（ためらうこと）はなかった。

アランはすぐにジジを起こし着替えさせる。まだ目をこすりながら眠たそうに着替えるジジをせかし、大事なものだけを身に着けさせた。

アランはペットボトルに水を詰め、タオル数枚をリュックに押しこむと、まるで水鳥が飛び立つように慌《あわ》ただしく、山小屋を後にした。決断してから五分も経ってはいない。

表に出たジジはまだ眠いのだろう、

「アランの思い過ごしじゃないのぉ……」

と不満を愚痴《ぐち》る。森の雰囲気《ふんいき》は一見《いっけん》、ジジにそう思わせるような、表面的なおだやかさをまだ保っていた。

アランはジジのそうした愚痴《ぐち》には耳を貸すことなく、北を目指して歩きつづける。

（たしか二十キロほど先に、比較的大きな川があったはずだ……）

夏場の今は渇水期《かっすいき》だ。わずかな水が中央部分をチョロチョロと流れるほどの、広い河川《かせん》敷《じき》になっているはず。

あの場所なら火除《ひよ》け地になる。アランはそう思い、その川を目指していた。

ジジが本気になって歩き出したのは、愚痴《ぐち》を言ってから五分も経っていなかった。ジジも森で暮らす少女だ。森のざわめきで、小動物の行動で異変は感じ取れる。

アランはすでに確信していた二人に迫る異変を。だがアランは別の問題を抱《かか》えている。七十歳に手が届こうかという年齢で、どこまで逃げられるのか？という体力の問題。

まだ川まで十五キロはある。駆け足に近い速足《はやあし》で、この五キロほどを歩いてきた。この速度を後十五キロも保つことは無理。

ジジは心配ない。カモシカのような今までの足の運びで、このまま歩いて行けるだろう。自分も行けるところまでは行く。歩けなくなった場所でジジに指示を出す。そうした方がジジの助かる確率が上がる。アランにはすでにそういう覚悟《かくご》ができている。

ジジだけはなんとしても助ける……、マリアンヌとクロードに託《たく》された子供だ。アランにあったのは、その一念だけ。

起伏《きふく》のある山道、雑草などが足にまとわりつく。歩きやすい平坦《へいたん》な道じゃない。やがてさらに五キロほどを歩いてきた所で、アランの足がもつれだし動けなくなった。

肺《はい》もふいごのように激しく喘《あえ》いでいる。と同時に、きな臭い空気が辺《あた》りにただよい出してきた。とうとう煙に追いつかれたようだ。

風が熱風のために回っている。四方から煙がただよってくる、目指す方向からも煙が流れてきた。だが方向を変えると、わずかな望みの、あの河川敷《かせんじき》にさえ行けない。

別方向に逃げれば、ジジはやがて火と煙に追い詰められることになる。

アランはノロノロと、リュックからタオルをとり出すとペットボトルからの水に浸《ひた》し、ジジに口に当てるようにと指示した、マスク代わりだ。もう自分には必要ない。

そして、

「ジジ、このまま北へ逃げろ……、僕はもう歩けない、僕にかまわず北へ逃げろ……、早く、早く……」

急速に流れてきた煙を吸い込み、薄れゆく意識の中で、アランはジジにそう叫んでいた。

「アラン……、アラン……！」

意識が混濁《こんだく》する中で、ジジが遠くで自分に呼びかける声がする。が、すぐその後だった、

「リーズ……！」

と叫《さけ》ぶジジの声が、遠くからこだまのように、アランには聞こえたような気がした。だがもうその時には、アランの意識は遠くへ飛んでいた。

それからしばらくして、意識のもどらない半覚醒《かくせい》の頭で、アランはうっすらと目を開けた。

なぜかは知らないが体がゆれている、なぜかは知らないが遠くで片目のリーズが自分を見ている……。

やがてその光景も消えた。

それから四日後のことだった、アランがロス総合病院のベッドで意識を取りもどしたのは。

三日三晩、アランは昏睡状態《こんすいじょうたい》の中で生死の境《さかい》をさまよっていた。

ベッド脇には、ジジと今は病院長の弟トーマス、そして総看護師長のキャシーの三人がアランを見守っていた。

アランの最初の言葉は、ジジを見てからの、

「よかった、ジジ……、生きていて……」

この一言《ひとこと》。この間《かん》、付きっきりでアランを看病していたジジは、安堵《あんど》のあまり、アランの胸に突《つ》っ伏《ぷ》して号泣《ごうきゅう》を放っている。

トーマスは、アランを見ながら、困ったような顔をすると、

「マア、生きてもどれて、良しとするか……」

と、一言《ひとこと》つぶやき、その場を去った。キャシーの目は大粒の涙を宿《やど》し、笑みを浮かべてアランに、無言《むごん》のまま何度もうなずいている。

トーマスは無類《むるい》の照れ屋だ。小さい時分《じぶん》からの癖《くせ》で、本当にうれしい時ほど困った顔をするのをアランは知っている。

やがてジジは、アランが救われた時の様子を語って聞かせた。

「アランが倒れてから、すぐに右目の見えないリーズが煙の中から姿を見せたの。そしてアランの前に腰を下ろしたから、アランを夢中《むちゅう》でリーズの背中の上に引っ張り上げようとしたの……、でも途中までしか上げられなかった。そしたら驚いたことに、アランが自分でリーズの背中の毛を掴《つか》みながら、上がっていったの……」

驚かされる話だった。

火事場のバカ力、という話は聞いたことはある。その力を必死になっていたジジは出したようだ。そうでなければ、八十五キロもある自分の体を動かせるはずがない。

自分にしてもそうだ。意識のない状態で自力でリーズの背中にはい上がったなんて、ジジに聞かされなければ分かることじゃなかった。だが、言われてみれば、固い毛を掴《つか》んでいたという感触《かんしょく》はある。

夢見心地《ゆめみここち》に、身体がゆれ、片目《かため》のリーズを一瞬見たような気がしたのは、ヘリコプターに運ばれる時のタンカのゆれ、それを遠くで見ていたリーズを、アランの半覚醒《かくせい》の網膜《もうまく》が捉《とら》えていた姿だったのだろう。

生き物の恩に報《むく》いる心、その情の篤《あつ》さには、口にする言葉もない。

ジジはキャシーとフレッドに、そして自分はリーズに三度も救われた。アランにはただ、ただ首《こうべ》を垂《た》れて感謝するしかない。

また、この奇跡的なアランの生還《せいかん》の裏には、先を鋭く読んだ冷静《れいせい》で的確《てきかく》なトーマスの動きがあった。

トロントで名士《めいし》になっているトーマスは、この森林火災の消火に当たる、アルバータ州の知事に電話をしていた。

人家のある場所としてアランの山小屋を示し、辺《あた》りの地形を読み、偶然の発想だったが、避難場所《ひなんばしょ》はアランが目指した河川敷《かせんじき》以外にはないと判断して、チェックするように知事に依頼していたのだ。

その結果、消火剤を散布《さんぷ》するヘリコプターの行動計画に、その指示が組み込まれ、大量の消火剤が山小屋付近にも散布《さんぷ》され、その都度河川敷《つどかせんじき》もチェックされるようになった。

その指示が機能《きのう》して、河川敷では、猟師や木こりなどの、アラン以外の数人の命も救われていた。

その話をキャシーから聞いたアランは、先を読んだ冷静で、的確《てきかく》な布石《ふせき》に、

(トーマスはすでに自分をこえた、もうロス総合病院の心配は必要ない……)

そう思い、大きく安堵《あんど》していた。

だがこの新たな状況の中で、解決しなければいけない問題が出てきた、とアランはベッドの中で思っている。それは、ジジの今後を考えること。

今までにもそういう思いは何度かもった。が、今までは、早すぎる……、という思いで終わっていた。が、今回はそういうわけにはいかない……。

自分は退院したら、同じ山小屋を同じ場所に作る。リーズを同じ場所で待ちたい。

森の状況がどれほど深刻か分からないが、リーズは森の王だ。必ず生きている、そして必ず帰ってくる。

再会して感謝の意を示したい、それが三度までも自分を救ってくれたリーズに対する礼儀、だとアランは思っている。

が、ジジはもう十六歳。彼女には春秋《しゅんじゅう》に富《と》む将来がある。七十の坂が遠くない先に見えてきた年寄りに、これ以上付き合わせてはいけない。

そう思っていたアランには、この状況がジジには新しい世界へと羽ばたく、いい機会になる、と思えたのだ。

アランはベッドの中で色々と思いを巡《めぐ》らした。あと一週間ほどは退院できない。その間に結論を出そうとアランは考えている。

三日の間熟慮《じゅくりょ》し、何度も練《ね》りあげて浮かび上がってきた考えは、自分を反面教師として育った娘ジュリーにジジを託《たく》す……、という考え。

十年余りも音信《おんしん》が途絶《とだ》えていたが、四年前にボルネオ島から帰省したジュリーの姿には目を見張るものがあった。小娘《こむすめ》とばかり思っていたジュリーだった。が、自分とはまったく別人格の、一人前の存在であることを痛感させられていた。

父親としてこういう表現を娘に使うのは、面映《おもは》ゆい気もするが、人として敬意を払えるような女性にジュリーは成長している。

そのジュリーにジジを託《たく》そうと、今アランは考えている。幸いにして二人は実の姉妹《しまい》のように付き合っている。四年前に会って以来、文通も絶やしていないようだ。

ボルネオ島とシンガポールは目と鼻の先。シンガポールの資源は人材のみ。それ故《ゆえ》に世界でも最高クラスの教育システムを保有している。

ジジがシンガポールの大学で学んだとしても、ジュリーの目が充分に届く範囲《はんい》。

そのジジがカナダの気候とは真反対の、赤道直下《せきどうちょっか》のシンガポールで、燃える太陽の下、自由に学びそして躍動《やくどう》している姿を想像すると、アランの胸も躍《おど》るような心地《ここち》になる。

シンガポールから先の人生は自分で決めればいい。カナダに帰国するなり、ジュリーと共に行動するなり、将来の道は自分の心次第《しだい》。

マリアンヌとクロードにも心の中で相談した。

クロードはマリアンヌの轍《てつ》を踏《ふ》まないように、伸びやかに生きるようにと、ジジを自分に託《たく》した。クロードの意図《いと》を知れば、マリアンヌが反対するはずもない。アランの決意は、こうして静かに固められていった。

アランは昨日ジュリーからの、ジジに関する短い返書を受け取っていた。

「ジジは賢い子供です。どのようにジジが変態《へんたい》（昆虫《こんちゅう》などが成長に応じて形態《けいたい》を変えていくこと）していくのか私も楽しみ、早くジジに会いたいものです……」

ジュリーも同じ気持ちのようだ。であれば、もう迷う余地《よち》はどこにもない。

アランはその夜、病室にジジを呼びゆっくりと、時間をかけて自分の思いを告げた。

その思いを、最後まで聞き終えたジジからの返事は一言だけ、

「少し考えさせてください……」

その言葉に、アランはまったく予期していなかった別の衝撃を受けていた。

ホンの数日前の山火事の前までは、ジジの口調《くちょう》は、

「少し考えさせて……」

だったはずだ。その言葉が今は丁寧語《ていねい》になっている。

この一言で、ジジが子供から娘になった……、ということを、鋭敏《えいびん》な頭脳を持つアランは感じ取っていた。

思春期《ししゅんき》になれば、子供は親が気づかないところで急速に成長していくもの。それに加えて、あの山火事が彼女の中の、なにかを変えたのかもしれない。

子供の成長は喜《よろこ》ばしい。が、ベッドに横たわるアランの周《まわ》りには、ジジが一人で大人になり、遠くへ行ってしまったような、そんなほろ苦《にが》い味のさびしさだけがただよっている。

ジジは亡くなった時の母親、マリアンヌの顔を思い浮かべている。

鮮明に覚えているその死に顔には、生前に見たこともなかった、きれいでやさしい笑みが浮かんでいた。

その笑みを見て、突然浮かび上がってきた、

（ジジはこの不幸な世界に、一人置いていかれたのかもしれない……）

という思いも、また鮮《あざ》やかに記憶の中に残されている。

だが、それが真反対の思いだったということを、ジジは今強く思い知らされていた。

七つの時までマリアンヌと一緒に生きてきた。が、その道は決して幼《おさな》い子にとっては平《へい》

坦《たん》な道じゃなかった。

ジジはまだ覚えている、幼い頃あまりの空腹に思わず口にした言葉、

「ママ、お腹《なか》がすいたよー……」

と言った時の母親の顔を。母親は、今にも泣き出しそうな顔をしてジジを見た。

その時からだった、

「お腹《なか》がすいた……」

という言葉を、どんな空腹に追い込まれてもジジが口にしなくなったのは。

幼心《おさなごころ》にもあの時の母親の顔ほど、悲しい顔を見たことはなかった。二度とあんな悲しい顔をさせてはいけない……、それがあの時の幼いジジの決意だった。

子供たちにとって遊びは楽しいもの。貧しかったジジにとっても同じこと。

そんな時でさえ、悲しいことに、むごいことを平気でしてくる、つまらない、心根《こころね》の卑《いや》しい子供たちは何処《どこ》にでもいる。

「やーい、貧乏人《びんぼうにん》の子やーい………」

と四、五人の子供たちに仲間外《はず》れにされ、囃《はや》され小突《こづ》かれて、その悔《くや》しさに目に涙を浮かべながら、追いかけられたことも何度かある。

子供心にも、陽《ひ》の陰《かげ》った道だけを、ひろって歩いてきたような気がしていた。

でも母親がいれば、そんな道も平気だった。空腹でも、いじめられても、怖《こわ》くなかった。耐《た》えられた。心がいっぱいに満たされる母親の愛情をいつも感じられていたから。

そして今ほど、その母親の愛情を強く、そして身近《みぢか》に感じられることはなかった。

（ママはあの時、ジジに将来ふりかかる災厄《さいやく》のすべてを、自分の死と引き換えに、天国の階段を上《のぼ》っていったのかもしれない……、いや、きっとそうだ……）

心の声が、ジジに今そう語りかけている。そして、母親のやさしいささやきがジジに聞こえてきた、

（今までは本当にごめんね、ジジ。今からは幸せになるんですよ……）

あの死に顔に浮かんでいたマリアンヌの笑みは、七つのジジに、日陰《ひかげ》の道を歩かせてしまった、その罪を自分の死で贖《あがな》った、という思いからくる安堵《あんど》の笑みだった。

そしてその母親が、自分をアランに引き合わせてくれたんだ……、という強い確信を今、ジジは抱《いだ》いている。

遠くで見守るアランの慈愛を感じながら、それ以来、ジジは何の不安もない幸せな時を過ごしている。それに加えて、この山火事でのアランの行動。

自分の命を犠牲《ぎせい》にしてまでも、ジジを助けようとしてくれた。

もともと、ジジはアランにとっては縁《えん》もゆかりもない女の子。そのジジをここまで守っ

てくれるアランには、口にこそ出さないが、言葉もないほどに感謝している。

そのアランに先ほど病室に呼ばれた。そして、

「退院したら山小屋を再建する、でも時間がかかる。どうだい、この際シンガポールで学んでくるっていう考えは？ジュリーも楽しみに待っているそうだ。僕は広い視野で世の中を見るっていうことも大切だと思っている……。世界にはジジの知らないことがいっぱいある……、どうかな、ジジ……？」

との提案。ジジにとっては思いもかけなかった驚きの、思いやりに満ちた提案だった。

「少し考えさせてください……」

と返事した。その真意は、

(今までに、もう十分過ぎるほどの親切を受けている。そんな中でのこの提案、ここまでの親切に甘えていいのか……？)

と、自問したからだ。相手の思いを理解できるほどに、ジジは成長している。人がなにかのきっかけで急速に成長することはよくあること。山火事で窮地《きゅうち》に追い込まれた。そのことも、ジジの成長に拍車をかけていたのかもしれない。

やがて、熟慮《じゅくりょ》したジジは、この提案は、受けるべき……、との決意を固めていった。

アランの自然に対する思いをジジは理解している。

口には出さなかったが、そのアランの思いを共に追求したいとジジもずっと願ってきた。

そうするには、アランが言うように、広い視野から物事を見る目も必要だ。

シンガポールで学業を終えたら、心のままに行動すればいい……、とも言われた。

アランはジジにとっては、なによりも大切な存在。学業を終えたらこの森に帰ってくる、
そしてアランの歩く道を共に歩いて行く……、それがジジの心からの願い。

そう思うジジにもう迷いはなかった。明日アランに提案を受ける旨《むね》を伝えるつもりだ。

ジジは自分の過去、現在の環境、そして将来を冷静に見渡せるような、知的な女性へと進化をつづけている。

それは鋭いアランにも追いつけないほどの急速な成長だった。

それとは別にジジには小さな頃から、心の中に抱《かか》えている一つの屈託《くったく》がある。

ジジは父親を知らない。誰にも言うことはなかったが、他の子供たちが何気《なにげ》なく呼ぶ「パパ……」、という言葉の響《ひび》きに、ジジは幼いころから、とてもつよい憧《あこが》れを抱《いだ》いている。

自分もいつか、誰かを、そう呼べれば……、と心の中でずっと願っていた。アランが現れた。何度かアランを、そう呼ぼうとした……。が、なぜか呼べなかった。

ジジも年頃だ照れがある。アランはそう呼ぶのにもっともふさわしい人。

だから今無理して、そう呼ばなくても、いつかはきっと自然にそう呼べる日がくる……、

ジジはそう思いその日がくるのを一人、心の中でずっと待ちつづけている。

アランは新しい木の香《か》のするベランダで、いつものように揺り椅子にゆられながら、沈みゆく夕日を眺《なが》めている。

再び以前の生活がもどってきていた、ジジがいないことを除いては。

あの山火事は地球温暖化の影響で三十五度以上の高温がつづき、乾燥注意報《かんそうちゅういほう》が連日発令されていた最中《さなか》の火事だった。

ましてや広大なロッキー山脈にある森。記録に残るような、大規模な森林火災になるだろう、と誰もが深刻に憂慮《ゆうりょ》していた。

あのことをまさに僥倖《ぎょうこう》（めったに訪《おとず》れない幸運）と呼ぶのだろう。火が出て四日目から降り出した大雨で、さしもの火勢も弱まり鎮火《ちんか》に至った。

森林火災の規模によっては、森の再生などまったく望めない状況も出てくるが、この程度の状況であれば早い再生が期待できそうだ。

中でも山小屋付近はトーマスの依頼によって、消火剤がヘリコプターから集中的に散布《さんぷ》されたことにより、山小屋は焼失したが、周囲には焼け残った森が残されている。

この辺《あた》りに限れば、そう遠くない先に森は旧《きゅう》に復《ふく》すような気がする。

山小屋の再建には約四か月を要した。ジジは三月《みつき》ほど前にシンガポールへと飛び立った。唇を噛みしめて涙をこらえていた、空港でのジジの姿が脳裏《のうり》に焼き付いている。

今は心の中に、ぽっかりと大きな穴が空いたように、言葉にできないほどにさびしい。でも悔いはない。新しい世界で自由闊達《かったつ》に生きているジジを想像できるから。

マリアンヌもクロードも夢に出てくることはなかった。彼らもこのアランの判断には得心しているのだろう。

十月の初め、吹き抜ける風はすでに冷たい。もうすぐに生き残った木々も一斉《いっせい》に葉の色を黄金色《こがねいろ》に変え、森を錦秋《きんしゅう》に染め上げる。そしてその後、長い冬の使者が駆け足でやってくる。

北国カナダのいつもの風景。

朱鷺《とき》色に輝いていた夕日は、もうすっかり西の山の端《は》に沈んだ。アランはひざ掛けをたたむと、家の中に入ろうとした。

その時だった、何かがフッとアランの胸中をかすめて飛び去ったのは……。

アランは心の中で、思わずその姿を追いかけていた、それが今まで何度か姿を現しては消えていった、ずっと追い求めていた姿のような気がしたからだ。

なぜその姿が今突然に、胸中を過《よぎ》ったのか……？　一瞬そう思ったが、アランに分かるはずもなかった。

曖昧模糊《あいまいもこ》（本当の姿が見えないさま）とした意識の中に沈んでいたその姿は、終末期を予想させる数々の深刻な問題と、チェルノブイリの原発事故は、その裏でつながっているんじゃないか……?、そういう思いだった。

今までその思いをずっと抱《いだ》きつづけてきた、なぜその姿が、見えそうになりながらも、はっきりと見えてこないのか……、そう苦しみながら。

夜明け前がもっとも暗い、春を目の前にした二月が最も寒い……。これは自然に宿《やど》る不変の流れ。この流れが今アランにほほ笑みかけている。

ほんの少し先に終着駅が見えてきたこの時期に、苦しみながら年老いてきたアランにその代償として、「森の道理」がその姿を見せてくれたのかもしれない。

アランの目を閉ざしていた、乳白色《にゅうはくしょく》の濃《こ》い靄《もや》が、まるで一陣の風に吹き払われるかのように消えていくと、追い求めてきた姿が鮮《あざ》やかに現れてきたのだ。

「結果を考慮しない科学」そして「人間の傲慢《ごうまん》さ」、この二つがアランの追い求めてきた、そして忽然《こつぜん》と濃《こ》い靄《もや》が風に吹き払われたように、アランの目の前に現れた姿だった。

そしてそれがチェルノブイリ原発事故と地下水脈でつながる姿だった。

深刻な状況が多発している。

この山火事もその一つ。とてつもない大氷河の流出、カナダ西部の四十九・六度にも及ぶ高温、近い将来森林が二酸化炭素を放出する見通し、加速する海面上昇等々《などなど》。すべてがこの二つの姿に起因《きいん》している。そしてチェルノブイリ原発事故もまさに、この二つの姿が、その背後にうずくまっている。

以前娘のジュリーがこの二つの姿を、憤《いきどお》るでもなく、ただ淡々《たんたん》と糾弾《きゅうだん》していた、あの記憶がアランには甦《よみがえ》ってきていた。

あの時のジュリーの淡々《たんたん》とした言葉が今、凄《すさ》まじい重圧でアランに圧《の》しかかっている。

ジュリーはあの時にはすでに、このことを喝破《かっぱ》（真実を言い切ること）していたのだ。

彼女はボルネオ島という熱帯雨林の中で暮らしている。

熱帯雨林は、人間による激しい環境破壊のため急速に消滅への一途《いっと》をたどっている。

その中でジュリーの歩いてきた、言葉には言い尽くせないほどの、絶望的《ぜつぼうてき》なきびしい道を、この時アランは初めて、そして強烈《きょうれつ》に思い知らされていた。

あのジュリーの淡々《たんたん》とした嘆《なげ》きの言葉は、目をそむけたくなるような環境で生きてきた、彼女にもたらされていた答えだった。

そのジュリーの意識に、やっとアランは追いついたのだ。が、アランの切れ味鋭い思考は、さらにその先へと、思考の触手《しょくしゅ》を伸ばしている。

アランには、さらなる感覚が生まれていた。それは、（チェルノブイリ原発事故は三十五年前に起こった事故だ。あの深刻な事故から人間は一体なにを学んだというのだ……?)

という思い。アランの思考はなおも、真実を求めてその先へと進む、

(もし三十五年前に、あの事故から人間が真摯《しんし》になにかを学んでいれば、それ以降《いこう》に生じた終末期《しゅうまつき》を予想させるような多くの深刻な問題などは、回避《かいひ》できていたかもしれない……、原因はつながっているのだから……)

ここまで考えたアランに、あの時の国連声明がよみがえる。

「人類の歴史上最も深刻な環境破壊」

人間の英知《えいち》の結晶《けっしょう》は、あの時賢《さか》しら顔で、そうあの事故を総括《そうかつ》しただけだった。

三十五年後に、チェルノブイリの森が、その声明とは真逆《まぎゃく》の「野生の楽園」に変わるなどとは、誰も予測できていなかったのだ。そしてなにも学んできてはいない。

チェルノブイリの原発事故は、人類の終末期《しゅうまつき》を回避《かいひ》させるための、三十五年前から鳴らされつづけてきた、人間に対しての鋭い警告だった。

もしこの警告を聞かなければ、チェルノブイリの森が証明しているように、自然は「野生の楽園」になり、人間は、当時作られたテレビ番組のタイトル名と同じ「人類滅亡後の

世界」という運命を受け入れるしかない……、そう強く暗示《あんじ》していたのだ。

そのことに誰が気づいたのだ……？誰も気づいちゃいなかった。

その証明が、それ以降《いこう》にもたらされた北国の高温化であり、途轍《とてつ》もない氷河の流出、森の二酸化炭素放出、そして急速な海面上昇等々《などなど》だ。

もし、あの三十五年前の事故を通して人間が少しでも学んでいれば、そして手段を講《こう》じていれば、ここまで深刻な状況にはなっていない。

少なくとも、この深刻な状況を遅らせることはできている。

そのことを通して、アランが強く感じたことは、あの原発事故は、甚大《じんだい》な犠牲を人間に強《し》いたが、本当の姿は、人類の終末期《しゅうまつき》を回避《かいひ》させるための、自然からの人間への贈り物、だったのではないか……との思い。

そして、一つはっきりしていることは、人間の英知の結晶、科学は、わずか三十五年後の世界さえも見通せなかった。それはすでにチェルノブイリの森が証明している。

言い換えれば、今から三十五年先、二千五十五年に人間がどうなっているのか、誰も正しくは見通せない……、ということを意味している。

二千五十年には現在八十億の人口が約百億人になるとの予想が示されている。

二割の人口増加。先進国に急激な人口増加の兆《きざ》しはない。この二割の人口増加は主に野生生物生息地域との境界を接する貧しい地域、国々で生じる。

今でさえ人間の野生生物生息地域への侵入のため、野生生物絶滅危惧種の急激な増加が深刻《しんこく》に危惧《きぐ》されている。

環境破壊そして生き物たちの絶滅の最大の原因は爆発的な人口の増加。この人口増加に抑止《よくし》をかけることが問題解決の第一歩。

もし抑止《よくし》がかからなければ、状況の悪化は加速され改善の見通しは皆無《かいむ》となる。

それに加えて、人口増加に伴う人跡未踏《じんせきみとう》の野生生物生息地域への人間の侵入は、社会を根底《こんてい》から震撼《しんかん》させる多くの未知のウィルスとの遭遇《そうぐう》につながる。

以前であればエイズウィルス、エボラ出血熱ウィルス等々《などなど》。そして最近であれば、未《いま》だに世界中を混乱と恐怖のどん底に陥《おとしい》れている、コロナウィルス等《など》との遭遇《そうぐう》。

さらに新たな恐怖をもたらす、さまざまな未知のウィルス等《など》もまた、人跡未踏《じんせきみとう》の地で世に出る機会を静かにうかがっている……。

三十五年先の二千五十五年の世界。目をそむけたくなるような光景が、地球上の至る所に広がっているのかもしれない……、アランはこの事を深く、深く憂慮している。

海は地球の約七割を占める。人間にとって海の未知《みち》の領域《りょういき》は九十五パーセント。既知《きち》の部分は表層部分《ひょうそうぶぶん》の五パーセントのみ。この部分は海面から二百メートルで、植物プランクトンが太陽光で光合成できる限界深度《げんかいしんど》。

残りの九十五パーセントは深海と呼ばれる未知の世界が広がっている。単純計算しても、地球の約六十七パーセントが人間の知らない世界。

人間の英知とはこれほどのもの。

人間は今こそ自然に対して、より強い謙譲《けんじょう》の意を表《ひょう》すべき、とアランは考えている。


アランにはまたもう一つ気になっていることがあった。

それは、チェルノブイリの森が書かれた新聞記事を見た後に浮かんできた思い。

なぜかは分からないが、原発事故の原因とアランが森で暮らし始めた理由に、重なるものがあるように、あの時は感じられた。

その重なるものの姿を見るのが怖《こわ》くて、あの時は思考を停止し、棚上《たなあ》げにしたことを記憶している。

その姿も、今ははっきりと姿を現している。

金と権力さえあればなんでも思い通りにできる、という「人間の傲慢《ごうまん》さ」、それがあの時棚上《たなあ》げにした姿だった。自分は、その傲慢《ごうまん》な姿をマリアンヌに気づかされた。

他の人々はなんによって、「人間の傲慢さ」を気づかされるのか……？そう考えた時、アランにはまったく異《こと》なる感覚が、ゆらり……、と頭をもたげてきた。

それは子供たちの、そして人間の未来についての思い。

「子供を守ること」は自然界であれば当たり前のこと。どんな生き物でも、例外なく最初に考えることだ。

子供を守れなければ、すべての生き物に課せられた至上《しじょう》の使命、「種《しゅ》の存続《そんぞく》」が果たせない、その結果絶滅する。

本能を通して、すべての生き物はそのことを、生まれながらにして知っている。

だから、当然のように他の生き物は、「種《しゅ》の存続《そんぞく》」のために、命をかけて子供を守る。以前には見えていなかったこのことが、生態を研究していると、はっきりと見えてくる。

同時に、研究を通して見えてきたもの、それは金と権力を絶対的なものとして、子供を守ることを忘れてしまった人間の姿。

「金と権力」の先に「傲慢《ごうまん》」は生まれる。それによって曇《くも》らされた視界が、大人たちから、本来持っている、子供を守るという理性を奪い、非道な大人たちを作り上げている。

アランはこの姿に、言い尽くせないほどの衝撃に襲われていた。

背負《せお》えない重すぎる荷物をかつがせて、未来に子供たちを送り出す非道な大人たちの姿は以前に何度も見てきた。

その時思ったことは、

(子供たちの未来に残された希望は、果たしてどれほどあるのか……？ 大人たちはもうこれ以上、子供たちに重荷を背負わせてはいけない……、子供たちを守ることがもっとも大事な大人たちの仕事のはずだろう……！)

という思い。

こう考えていたアランに、今までに経験したことのない、まったく次元《じげん》の異《こと》なる新たな感覚が姿を現してきた。次元の異なるその新たな感覚とは、

(人間はまだ気づいちゃいない。だが、今もっとも絶滅危惧種に追い込まれているのは、本当は、人間自身じゃぁないのか……？)

という夢想《むそう》だにしなかった突拍子《とっぴょうし》もない感覚。

この突拍子《とっぴょうし》もない感覚をアランは即座《そくざ》に否定しようとした。が、奇妙《きみょう》なことに、どう首をひねって考えても否定できない。

考えに落ちたアランに、やがてその理由が姿を見せた。

子供を守れない種《しゅ》に残された道、それは滅《ほろ》びへの道だけ。

このことは、四十六億年の地球の歴史の中で、すでに様々《さまざま》な種《しゅ》に何度もくり返されてきた冷徹《れいてつ》な事実。人間だけが例外とはなりえない。

そしてなによりもこのことは、「自然の道理」に宿《やど》る約束事。「自然の道理」は「宇宙《うちゅう》の秩序《ちつじょ》」と同義。人間自身を生みだした、この「自然の道理」は人間の上に存在する。

元は医師という科学者でもあるアランには、この道理は容易《ようい》に理解できる。だから否定できる訳《わけ》がなかった。

だが、（あきらめたらそこで終わる……！）、アランはそう思って生きている。遅すぎる、ということは決してない。

アランには思いを託《たく》す多くの芽《め》がある。ジュリーとジジ、無数の子供や若者たち。そして「利他の心」を持つ「沈黙の大多数」、といわれる人々が、その瞬間《とき》を迎える前に必ず声を上げてくれる……、アランは固くそう信じている。

今夜は考えごとに時間をとりすぎた。夕食は簡単に済まそうと思っている。

新しい山小屋には以前の三倍の容量を持つ冷蔵庫が置かれている。十日に一度病院から看護師と調理師が来る。

山火事の前と比《くら》べて体のさまざまな所に不調を訴えているアランのために、健康診断と十日分の調理をして冷凍庫に保存して帰るためだ。

ジジと暮らしていた時と比《くら》べると、暗く気持ちが萎《な》えるような味気《あじけ》ない毎日。ジジがアランの生活の潤《うるお》いだった、ということを今強く思い知らされている。

将来のことを考えて、ジジには心にもない強がりばかりを言ってきた。

ジジのいない日々の明け暮れは、陽《ひ》の陰《かげ》った霜《しも》の道を歩くように、足元から冷《ひ》えが上がってくるような、そんな寒々《さむざむ》とした心地をアランにもたらしている。

（一人で暮らすようになれば、多少のさびしさはあるかもしれない……）

くらいのことは覚悟していた。が、まさかこんなにも、色を失った日々が連《つら》なってやってくるとは……、夢にも思わなかった。

幸《さいわ》いにも遠く離れていても、ジジとジュリーからの、溢《あふ》れんばかりの思いやりは強く感じている。

世間《せけん》には、子供に相手にされないさびしい父親は大勢いると聞く。それを考えれば、自分はまだまだ恵まれているのだろう。

なによりも、まだ会えていないが、リーズと再会するという楽しみもある。

（生きていれば、楽しいことはたくさんあるもんさ……）

いつものように自分にそう語《かた》りかけると、アランは寝室へと向かった。

終章　勇気ある者

まだまだ遠くにあると思っていた老《お》いが、最近急に近づいてきたような心地《ここち》がする。若い頃から散々《さんざん》、体を酷使《こくし》してきたツケが今になってようやく回ってきたようだ。足、腰が特に弱り、しばらく前から杖《つえ》をつくようになっている。

年寄り臭くなるから、できるだけ杖《つえ》は使わないようにしてきた。だが、ちょっとしたことでよろけるようになった。こうなっては、もうそんな贅沢《ぜいたく》を言ってはいられない。

一ヶ所老化《ろうか》が進むと、それが全体におよぶのは早い。それに加えて、あの山火事で死の淵《ふち》をのぞきこむような経験をした。

生き物の体の機能は繊細《せんさい》、未知の領域《りょういき》も少なくない。人の体も例外じゃない。山火事の悪影響がまだ体のどこかに残り、体内の機能《きのう》を老化《ろうか》させているのかもしれない。

少し前までは、リーズを探して焦土《しょうど》から回復してきた、緑豊かな森をゆっくりと歩いていた。が、もうそれもできなくなった。

結局、リーズの消息は、まだ分からぬままだ。

この頃はなにをするにも億劫《おっくう》が先に立つ。最近ではベッドの中で時を過ごす時間が多くなってきている。

ジジがシンガポールに旅立ってからもう五年が過ぎた。

今年も、もうあと幾日《いくにち》も残ってはいない。ジジも今年で二十一歳。そのジジが今、一時的に帰国して自分の世話をしている。

「帰ってくる必要はない……！」

ときびしく言ったのだが、帰ってきた。弟のトーマスが余計なことを知らせたためだ。

トーマスは情の薄い父親と、ずっと暮らしていたにも関わらず情の厚い男になっている。父親を反面教師として育った所為《せい》なのかもしれない。

二十一歳になったジジを見たアランは目を丸くして驚いた。アランにはマリアンヌが突然生き返ってきた、としか思えなかったからだ。

それほどまでにジジは、知的で端正《たんせい》だった母親のマリアンヌに、生き写しの容貌《ようぼう》に成長していた。マリアンヌのすべてをジジは受け継いでいるような気もする。

マリアンヌと話した時間は、アランの人生でもわずかに五分ほど。そんな短い時間でも、マリアンヌの顔は決して忘れたことはない。まるで刻印《こくいん》を押されたように、彼の心の奥に彼女の顔は刻《きざ》みこまれている。

特にあの茶封筒《ちゃぶうとう》を握《にぎ》りしめて、わずかに見せてくれた嬉《うれ》しそうな笑み。考えてみれば、あの時から自分の本当の人生が始まったような気がする。

今のジジの顔、あの時のマリアンヌの笑みにそっくりだ。

以前、クロードに聞いた話がアランの脳裏《のうり》によみがえってきた。

ジジが七歳で初めてクロードに会いにきた時、彼には、この子が誰なのかがすぐに分かったそうだ。マリアンヌの七歳の時の顔と同じ顔だったからだ。

アランには、あの時のクロードの驚きの気持ちが、今はよく分かる。

ジュリーは亡き妻に似て、優しく冷静な女性に育ってくれたようだ。ジジが話してくれた、今ジュリーは大事な裁判を抱《かか》えているから、どうしても帰国できないのだと。

ジュリーは懊悩《おうのう》（深く悩み苦しむこと）の末、帰国するよりも裁判の証人になることを選択《せんたく》していた。

熱帯雨林は大きな危機を迎えている。人間の強欲《ごうよく》が最大の原因。

焼《や》き畑農業《はたのうぎょう》や、容易に金に換《か》えられるアブラヤシ（パームオイルの原料）の栽培《さいばい》、そして紙・パルプの生産のための大規模伐採《ばっさい》などのために、毎年六百万ヘクタール（北海道の面積の約七十七パーセント）にもおよぶ広大な熱帯雨林が姿を消している。

熱帯雨林は、様々な動植物の生息密度《せいそくみつど》がきわめて濃い環境。その環境を失うことで、そこで暮らす動植物が毎日百種類ほど消滅《しょうめつ》しているともいわれている。

さらにこの行為《こうい》は、森林に貯《たくわ》えられていた二酸化炭素を大気中に放出し、温暖化を加速させ、より劣悪《れつあく》な環境をもたらす気候変動の大きな原因の一つになっている。

この熱帯雨林を守るために、保護林として国から指定されているにもかかわらず、ボルネオ島のこの辺《あた》りでは、その保護林がしばしば放火で焼失する。

そしてその後にはいつの間にか、熱帯雨林の消失原因の大きな一つである、アブラヤシなどの農園に変わる。

金にしか興味のない悪徳《あくとく》農園業者と、金で簡単に転《ころ》ぶ賄賂《わいろ》役人との共謀《きょうぼう》がその裏にある。金がものを言う世の中だ。放火現場の目撃証人がいても小さな金で、貧しい目撃証人の口はふさがれる。

ある日、ジュリー自身がその放火現場を目撃した。

ジュリーは長年《ながねん》のボルネオ島における社会奉仕が認められ、マレーシアの地方政府から感謝状を何度か授与《じゅよ》されている。

これほど信頼に足《た》る証人はいない。ジュリーの証言は千金《せんきん》の重みを持つ。

彼女は、同じ医師である叔父《おじ》のトーマスから話を聞き、父親の長くない命を悟《さと》った。

ジジは帰国させる。だが自分は、自分の証言で、環境を破壊する悪《あ》しき輩《やから》と闘うことができる、環境破壊の速度を鈍《にぶ》らせることができる、そう思ったジュリーは、この地で父親の冥福《めいふく》を祈ることを決めた。遠くに離れていても、心で話せるようになった父親は、自分の気持ちを分かってくれるはず。

数年前、ジュリーが人生の分かれ道で途方《とほう》に暮れていた時、父親に「勇気ある者」になれ……、と励《はげ》まされた。

それは、人のために尽くす「利他《りた》の心《こころ》」を持てる人になれ……、との意味だった。

その心を持ちつづけるかぎり、いかなる人生を歩こうとも、いかなる結果に遭遇《そうぐう》しようとも、決して心の豊かさが失われることはない、という父親の励《はげ》まし。

その通りだった、その後ジュリーが迷うことはなくなった。

このことを通しても、彼女の思いはまた父親の願いのはず、それは分かっている。が、ジュリーにはどうしても、一年前の杖をつきながら頼りなさげに歩く、最後に見た老いた父親の、丸くなった背中が忘れられない。

その姿を想うと、心の底からこみ上げてくる熱いものを、ジュリーはどうしても抑《おさ》えることができなかった。

五年ぶりの我が家《や》だった。ジジは新しく建てられた山小屋の細部を見て回っていた。

驚いたことに、山小屋の間取《まど》り、その他のすべてが、以前の山小屋と寸分《すんぶん》たがわぬ作りになっている。

今は暮らしていない自分の部屋まであることに、ジジはアランの細やかな愛情を、そしてふたたび一緒に暮らしたい、と強く願う思いに触《ふ》れていた。

同時にこの五年の間、一人で暮らしていたアランの、言いようのない孤独もジジは今、まざまざと見せつけられている。十日に一度くる看護師が掃除もして帰るのだろう、きれいに整理された家の中、チリ一つ落ちていない。

木で組まれた山小屋にもかかわらず、まるでガラスの部屋を思わせるような無機質《むきしつ》な空間。部屋の隅々《すみずみ》から流れてくる、乾《かわ》いた虚《うつ》ろな空気が、それを物語《ものがた》っている。

感性の豊かなアランには、この殺伐《さつばつ》とした生活空間は耐えがたかったはず。強気《つよき》をよそおって、自分には決して漏《も》らすことのなかった、言葉に尽くしようもないアランのさびしさが、ジジの心に、じわり……、としみわたってくる。

さらに驚かされたのは、アランの全身をおおう急速な老化現象《ろうかげんしょう》の現れ。自分がシンガポールに飛び立ったのは五年前。わずか五年でこんなに面変《おもが》わりするとは……、それはジジの想像を遥《はる》かにこえていた。

この味気《あじけ》ない孤独《こどく》でさびしい生活も、アランの急速な老化に重大な影響をおよぼしているのかもしれない。

ジュリーは一年前に仕事の都合でカナダに一時帰国した。

その時、ジュリーはアランに会っている。ジジは彼女にその時の様子を聞いていた。その時のジュリーの言葉、

「パパは元気よ、こっちはなんの心配もいらないから、しっかり勉強するように、とジジには伝えてくれ……、とのことだったわ……」

その言葉を聞いたジジは、深い安堵感《あんどかん》をおぼえたことを鮮明に記憶している。

それはジュリーのジジへの思いやりの言葉だったことに、今ジジは気づいている。この面変《おもが》わりしたアランの姿には、ジュリーも衝撃を受けていたはず。

もしジュリーが真実をジジに伝えていたら、ジジは間違いなく即座《そくざ》に帰国している。

それは、父親が決して望むことじゃない、また長い目で見れば、ジジのためになることでもない。だからジュリーは、その悲しさを自分の心の中にだけ隠したのだ。

ジジはジュリーの、自分を想うその思いやりに深く頭を下げていた。そこに気がつくほどに、ジジもまた成長している。

アランの生きてきた道は、自分もまた歩いて行く道。

それは森の中で暮らしているうちに、ジジの心に、乾《かわ》いた大地に雨が沁《し》みこんでいくように、自然に芽生《めば》えてきた思い。

アランはいつも言っていた、

「このままでは、子供たちがあまりにも可哀《かわい》そうだ……」

と。重い荷物だけを背負わされ、希望のない未来に放り出される子供たち。それを黙って見送る目先の欲に目のくらんだ大人たち。

ジジはまだ覚えている、ジジが十歳になった誕生日のアランの姿を。

その日、アランはいつものように自然の大切さをジジに語っていた。その日のアランはなにかが違った。

子供たちの将来に話がおよんだ時、アランの顔が突然悲しみにゆがみ、こらえきれずに涙がこぼれ落ちてきたのだ。

ジジは驚いて涙を流しつづけるアランの姿を、食い入るように無言で見つめていた。それまでにそんなアランの姿を一度として見たことがなかったからだ。

アランに浮かんできたのは、重い荷物を背負《せお》わされて、希望のない未来に歩いて行くジジの姿。そしてその姿は、クロードから聞いていた、クロードが最初に会ったジジの姿を、アランに思い起こさせていた。

母親の自死も知らずに、大きすぎるリュックを背負《せお》い、祖父クロードに母親の遺書を持ってきた幼いジジ、その姿が希望のない未来に歩いて行くジジの姿に重なり合っていた。

ジジに、もうあんなにも悲しい思いをさせてはいけない、強くそう思った情景が、あの時突然アランの脳裏《のうり》によみがえってきたのだ。

ジジの誕生日という特別な日が、その悲しい感情を、彼にもたらしたのかもしれない。慈愛《じあい》の情とともに、縁《えん》もゆかりもない自分を育て、さらに多くの子供たちのために涙を流している目の前のアランの姿。

それは幼いジジに、寝る前にいつもやさしく語ってくれた母親マリアンヌの、あるお話を思い出させていた。

人間の罪を一身に背負《せお》い、重い十字架を引きずりながら、ゴルゴダの丘へと向かうキリストの姿、それがマリアンヌのお話だった。

（アランはキリスト様の生まれ変わりかもしれない……）

この思いが、あの時の幼いジジの心に焼きつけられていた。

決してアランに話すことはなかったが、あの時から、お話に出てくるキリストの姿とアランの姿が幼いジジの中では重なり合っていた。

あの日、十歳になったジジもなぜかはしらないが、アランと一緒に泣いていた。アランの姿が無性《むしょう》に悲しそうに見えたからかもしれない。

ジジの記憶に今鮮明によみがえっている、ジジがアランと同じ道を歩こうと思うきっかけを作ったのは、あの日の記憶だった、ということを。

そして青い炎が、ジジの心で燃え始めたのもあの日のことだった、ということを。

赤い炎は激しく燃えるが、その命は短い。青い炎は心の中で静かに燃えつづけ、死ぬまで消えることなく燃えつづける炎。

それほどまでに、子供たちの未来を憂《うれ》い、子供たちに詫《わ》びながら、涙を流しているアランの姿は、まだ小さいジジにとっては、心に深く刻《きざ》みこまれるような情景になっていた。

ジジはアランやジュリーが専攻した医学ではなく、生き物と環境の関係を研究する、生態学を大学で専攻していた、アランと共にこれからの人生を歩くために。

ジジの環境問題に対する分析、洞察能力は教授たちも驚くほどに、鋭いものを秘めていた。物心《ものごころ》ついた時から、アランとともに「森の道理」に教えを受けてきたのだ。それは当然のことだった。

この五年間、ジジはカナダでは決して経験できない、夢のような生活をしてきた。

朝は色鮮やかな鳥たちのさえずりで目を覚まし、昼は赤道直下の太陽の下で泳ぎ、夜は窓を開け放し、南十字星の輝きの中で眠った。

食べ物は口にできないほどに辛《から》かった。水を何杯《なんはい》飲んでも辛《から》みが口中に残った。当初は分からなかったその理由が、住み始めてやっと分かってきた。

赤道直下の熱帯気候だ。食べ物を受けつけないほどに暑い。だから食欲を増すために、体が驚くような辛《から》みを欲《ほっ》するようになる。

二か月ほどが経った頃だろうか……、ようやくそのことが分かってきた。

ある日、無意識のうちに辛いものを注文していた。やっと熱帯の気候に慣れてきたジジの体が、辛いものを欲《ほ》しがっていたのだ。

マンゴー、パパイヤ、ドリアンなど、熱帯の果物《くだもの》の甘さも濃密《のうみつ》だった。ジジはこんなにも甘い果物《くだもの》を食したことがなかった。暑《あつ》ければ糖度《とうど》が上がるということも初めて知った。

アランに言われたように、世界は広いということを、今ジジは思い知らされている。カナダに居ては学べない多くのことを、学ばせてもらっている。

アランは言った、

「世界にはジジの知らないことがいっぱいある……」

その通りだった。

でも自分が知ることができるのは、ホンの一握《ひとにぎ》りのことだけ。どれほど深くまた広く研究しようと、自分に理解できるのは、ホンの一握《ひとにぎ》りのことだけ。

「人間はそれほどの生き物でしかない……」

アランにいつも言われていたこの言葉を、シンガポールへの留学を通して肌に感じ、そして理解できただけでも大きな成果だとジジは思っている。

すべてはジジを思いやるアランの配慮《はいりょ》の賜物《たまもの》。

だがそんな思いも、来年学業を終えるまで。その後のアランとの生活に思いを馳《は》せると、そんな生活には、もうなんの未練《みれん》もなかった。

これから歩く道、あの青い炎はまだ静かに燃えつづけている。アランが歩いてきた道しか、ジジには見えていない。

トーマスに迎えられて山小屋に帰ってきた時、アランは眠っていた。ジジはアランの変わりように息をのんだ。が、眠っていたアランがジジの驚きに気づくことはなかった。

アランは今までに、すでに十分すぎるほどの悲しい思いをしてきている。

ジジは誓っていた、これ以上悲しい思いをさせないためには、決してアランの前では涙を見せまいと。

やがてアランは目を覚ました。そしてジジに気づくと、まるで責めるような口調で、

「勉強はどうしたんじゃ……、勉強は……！」

と、言った。が、やがてその角張《かどば》った目は、丸く湿《しめ》り気《け》を帯びた目に変わっていく。

ジジを見つめていた表情を柔《やわ》らかく崩《くず》し、小麦色《こむぎいろ》にやけたジジの顔を見つめると、

「よく陽《ひ》にやけているようじゃな……、よかった、よかった、本当によかった……」

いつもアランはジジのことを一番に考えていた。今は一回りも小さくなったアランだが、この期《ご》におよんでもまだ一番に考えている。

ジジはこらえきれない慟哭《どうこく》（大声で泣き叫ぶこと）を、それでも必死になって胸の内に押し込めている、自分が泣けるのは、アランを看取《みと》った後だと思いながら。

その感情をなんとか制すると、ジジはベッド脇にひざまずき、そしてアランの左手を優しく両手で包みこむと、耳元で、

「大丈夫よ、アラン……、ジジが付いているから、もう大丈夫よ、アラン……、もう大丈夫……」

と、ささやいた。が、それが限界《げんかい》。それ以上の言葉を口にするとこらえられなくなる。そのジジの言葉で安心したのか、アランはまた眠りに落ちた。

ジジは優しくその手をベッドの中にもどすと、駆けるようにして家の外へと走り出た。ジジの顔には言い尽くせないほどの、悲しみにゆがんだ表情が浮かんでいる。

ベッド脇にジジと共に立っていたトーマスは、ジジの後ろ姿を見送ると、そっとハンカチで顔をおおった。

山火事でアランが昏睡《こんすい》に陥《おちい》っていた時、ほんの短い間に一度だけジジと会ったトーマスだったが、それ以来ジジとは折悪《おりあ》しく会えてはいなかった。

トーマスにとっては今日がジジと初対面のようなもの。だがジジの話だけはこの五年の間、何度もアランから聞かされている。

そのジジがこれほどの悲しみを表《あらわ》すとは想像もしていなかった。ジジはアランにとっては、実の娘同様だったのだと、この時はじめて彼は思い知らされていた。

実の娘であるジュリーでさえも、ジジを深く愛している。すでにジジは、アランの家族の一員、だということを、ジジの悲しみを通してトーマスは理解していた。

ジジには分かるような気がする、なぜアランの老化がここまで急速に進んだのか……？という理由が。

山火事の時、アランは自分を救うために、持てる精力のほとんどを使い果たしていた。そして救出後の、生死の境《さかい》をさまよっていた三日間の昏睡《こんすい》。あの三日間の昏睡《こんすい》で、残されていたわずかな精力さえもが、すべて使い果たされていた。

急速な老化の種は、あの昏睡状態《こんすいじょうたい》の時にすでに芽生《めば》えていたのだ。

心を落ち着かせたジジは、ベッド脇にもどると、こんこんと眠りつづけるアランの老いた顔を見つめている。

そのジジによみがえってきたのは、最初にアランと会った時の情景。

（悪い大人たちがママをころした……）

幼いジジはそう考えていた。祖父のクロードとアンおばさん以外の大人たちはすべてが敵だ……、とも激しい気性《きしょう》を持つジジは思っていた。

クロードに諭《さと》されて、目を怒《いか》りに角張《かどば》らせたジジはいやいやながらも、小さな手をクロードに引かれて、その敵の一人、大人のアランに会った。

アランの目を見た瞬間《しゅんかん》、そのジジの怒《いか》りは霧のように消えていた。アランの目に宿《やど》る光は、ママを想うおだやかさに満ちていた。

思わずジジは、涙を流しながらアランの胸に飛び込んでいた。

今考えると、アランの目の光は、ママの目の光と同じだった。喜びも、悲しみもすべて受け入れようとする、慈愛に満ちた目の光だった。

ジジは時々瞼《まぶた》を震《ふる》わせるアランの顔に、やさしい視線をもどすと、

(死なないで……、死なないで、アラン……、お願いだから、死なないで……)

ジジは祈《いの》るようにつぶやいている。


ジジが帰ってきてから、それは一週間目の明け方のこと。

底冷《そこび》えがきつく薄《うす》く陽《ひ》がさすような日だった。森はアランの様子を見守るように、白い静寂《せいじゃく》に包まれている。

アランの呼吸が荒くなっていた。トーマスも昨夜から山小屋に泊まり込んでいる。

中国に「邯鄲《かんたん》の夢」という故事《こじ》がある。

粥《かゆ》を煮炊《にた》きするほんのわずかな間に、一生分の出来事を夢に見たという男の話。脳は時として不可思議《ふかしぎ》な働《はたら》きをすることがあるようだ。

それと同じような脳の働きがアランにも生《しょう》じていた。

ジジとトーマスはベッド脇の椅子《いす》に座《すわ》り、時々ひきつけるような表情を見せるアランを見守っている、アランは夢を見ているのかもしれない……。


アランは一人暗い夜道を歩いている。

上空に光を感じたアランは、足を止めて暗い夜空を見上げた。

上空に虹色《にじいろ》の光が一瞬奔《はし》ったかと思うと、その光から七色の虹彩《こうさい》が全天に飛び散り、全天を揺るがすように七色の舞いを見せはじめた。ジジのもっとも愛していたノーザンライト（カナダではオーロラのことをこう呼ぶ）の輝《かがや》き。

やがてその輝きに誘《いざな》われるように、天空から六つの姿が静かに下りてきた。

懐《なつ》かしそうに笑みを浮かべた母親の姿、ベールを被《かぶ》り慈愛《じあい》の光をその目に湛《たた》えたマリアンヌ、うなずくようにほほ笑むクロード。そして以前予感のあった、キャシーとフレッドも迎えにきてくれた。

六つ目の姿が陰《かげ》になってよく見えない。アランは目を凝《こ》らしてその姿を見つめた、一体誰だろう……？と。でもまだよく分からない。

その時、ノーザンライトの輝きが一瞬はじけ、周りが明るくなった。陰《かげ》になっていた六つ目の姿を、その七色の光が鮮《あざ》やかに映《うつ》し出した。

それは体毛が黒く焼け焦げた、片目のリーズの姿。

アランがずっと生きていると信じて、歩けなくなるまで探しつづけていた、リーズの変わり果《は》てた姿が、そこにはあった。

このリーズの姿で、アランは二つのことを知らされていた。

一番目は、左耳を噛《か》みちぎったグリズリーとの命をかけた二度目の闘いで、リーズは右目を失っていた。

ジジと二人で追跡した、あの血の跡《あと》は失った右目からの出血だった。それほどまでにして、ジジとアランの命を守るために、リーズは闘ってくれたのだ。

そして二番目が、あの山火事からアランとジジを救い出すことはできたが、リーズは逃げ切れなかった……、という悲しい事実。

アランは、あの猛火に追い込まれて、リーズが迎えた絶望的な最期を、その焼け焦げた姿を通して今知らされている。

アランは行きがかり上、軽い気持ちでリーズに治療を施《ほどこ》し、結果的にリーズの命を救った。リーズは決してその恩を忘れることはなかった。

そして自分の命をもってその受けた恩に報《むく》いていた。

人間に、

「犬、畜生《ちくしょう》……」

などと恩知《おんし》らずの様《さま》を揶揄《やゆ》される生き物が、人間が、その足元にもおよばないような恩返しをしている。リーズに対して、口に出せる言葉がアランにはなかった。

アランが謝意《しゃい》に満ちた視線をリーズに向けると、リーズは、あのいつもの遠くの山を見るように、当然のこと……、と言わんばかりに、左眼でアランを見返してきた。

アランは目を閉じて、リーズに深く哀悼《あいとう》の意を表《あらわ》す。閉じられたアランの目からは、思わず熱いものが一《ひと》すじ流れ落ちてきた。

アランが再び目を開けリーズを見ると、他の五つの聖なる姿と同じように、リーズの姿も、この上もなく尊《とうと》い姿に昇華《しょうか》し、白い光に包まれていた。

七色のカーテンに変化したノーザンライトが、優しくアランを迎え入れるかのように彼の許《もと》へと近づいてくる。

それを見ながらアランは思っている、ずっと気になっていたリーズのことが知れたのだ、もうなにも思い残すことはない……、と。

そのアランに、思いもかけない最後の未練《みれん》が、ちらり、と顔をのぞかせた。それは、ジジに、

（パパと呼ばれたい……）

との果《は》たせなかった願い。

この時、ようやくアランは気づいた、自分が今ジジの住む世界から旅立《たびだ》とうとしていることに、そしてその時間があまり残されていないことに。

その瞬間、場面が暗転した。

息をのむような鮮《あざ》やかな蒼穹《そうきゅう》（青空）。

その空の下、若き医師アラン・ロスがチェルノブイリの森で、被爆者《ひばくしゃ》を救うべく懸命に立ち働いている。

それは切《せつ》なくも心が震《ふる》えるほどに懐《なつ》かしい、医師として情熱に燃えていた、かつてのアランの姿。その姿を空の上からアランは見下《みお》ろしている。

やがて地上に映《うつ》しだされた木々の影は長くなり、森は夕暮れを迎える。

深い茜《あかね》色に染められた、チェルノブイリの谷間から響《ひび》いてくる三つの鐘《かね》の音《ね》。

今、アランはノーザンライトの七色のカーテンに、やさしくくるまれている。そして心の中では、あの懐《なつ》かしい三つの鐘《かね》の音《ね》が、アランの魂を送るように静かに響《ひび》いている。

どうやら旅発《たびた》つ時がきたようだ。

この世で最期にアランに訪《おとず》れた想い、それは、

（そう悪い人生じゃぁなかった………）


この時、アランの脈をとっていたトーマスの顔が、悲痛にゆがみ静かに横に振られた。その瞬間《しゅんかん》、

「パパー……、パパ――……、ジジを置いていっちゃぁダメーッ……」

という絶叫《ぜっきょう》が湧き上がる。

それは生まれて初めて発したジジの絶叫《ぜっきょう》、そしてジジが初めてアランを、パパ……、と呼んだ瞬間《しゅんかん》。深い悲嘆《ひたん》に包まれているジジは、そのことに気づいていない。

アランの死は、それほどまでに耐えがたい悲痛をジジに与えていた。やがて絶叫《ぜっきょう》が慟哭《どうこく》に変わる。

トーマスは静かに立ち上がった。アランの体に取りすがり、声を放《はな》って泣きじゃくるジジの肩を、大きな手で慰《なぐさ》めるようにやさしく掴《つか》むとドアを開けて表に出た。

トーマスは、突き刺すような冷気の中で雪玉を作ると、悲しみに別れを告げるかのように、森の奥へと力一杯放り投げた。

枝一面に降り積もっていた雪がカサ、カサ、カサ……、と滑《すべ》り落ちる。

彼の目からも、一すじ、二すじ、三すじ、と光るものがこぼれ落ちてきた。

トーマスは不意に涙でにじむ空を見上げた。そしてまるで涙顔のいたずらっ子のように、困った表情を見せると、ニコッ、と笑みを浮かべ、

「兄さん、聞いたかい……? ジジが、あのジジが、兄さんをパパって、呼んでくれたよ……」

そう、やさしくアランに語りかけていた。

ジジは、一時《いっとき》の激しい悲しみから解放されると、冷気が流れ込むのにもかまわず、山小屋の窓をすべて開け放した、アランが最期まで愛していた森を見せるために。

森はジジの絶叫《ぜっきょう》も慟哭《どうこく》も、その悲痛な想いさえも、すべてを静寂《せいじゃく》の中に包みこんでいた。

そして「勇気ある者」の死を深く悼《いた》むかのように、雪の白い喪服《もふく》を頭からすっぽりと被《かぶ》り、沈黙のままに立ちつくしている。

ジジは窓から身を乗り出すと、森の哀悼《あいとう》の意に答えるかのように、薄墨《うすずみ》を刷《は》いたような森全体をゆっくりと見わたした。

そして、フッ、とその目を窓の下に落とす。

そこには焼け残った種から芽吹《めぶ》いたのだろう、冬色の景色《けしき》の中で、まだ頼りなさげな小さな木が一本、必死で薄日《うすび》のさす空に向かって生きようとしている……。

完

書評

森の王灰色熊《グリズリー》リーズに寄せて

新井良夫

当初、私は乞われて書評を書いていた。

いつ頃のことだろうか……、私は書評を書くこと（新作が出ること）を心待ちにするようになっていた。

それは作家二郷半二が児童文学—環境の深刻な危機、野生動物への挽歌、利他の心を尊ぶ気象、を書き始めた頃からのような気がする。

このテーマは私のように太平楽に生きている凡人に、沈黙の中で鋭い痛みを与えるものに昇華されている。

子供たちを守るのが古今東西、大人の第一の仕事であることは言を俟たない。

そうであるとすれば、今の世の中では、ただ傍観し沈黙するのみでは、それは即ち害を加える側に立つ者だ……、との叱声をこの作品に浴びせかけられているような心地がする。

金と権力を追い求めていた男が、ある貧しい掃除婦の自死をきっかけに、それまでとは対極にある人生を歩むことになる。そして彼に育てられる貧しい掃除婦の幼い娘もまた彼の元で素晴らしい女性へと変貌していく。

作品の主人公アラン、その娘ジジが今の世を生きる大人や子供たちに、深刻な環境の現実を通して、何が本当に大切なことなのか……、を訴えかけている。

なぜ新作が出ることを心待ちにするようになったのか……、ここまで書いてきて分かった。それはこの作家の作品が、私の心の中に潜む思いを発露させているからなのだろう。主人公アランの魂は、今の世を生きる心ある大人たちの心中に潜む思いと同じもの。その魂の叫びが読み手の心を揺さぶってくる。

作品の終盤で、目先の欲のために子供を守ることを忘れてしまった大人たちを見て、アランはフト思う、

（人間はまだ気づいちゃいない。が、今もっとも絶滅危惧種に追い込まれているのは、本当は人間自身なんじゃぁないのか……）と。

この言葉に、平々凡々たる日常の中で生きていた私の心が震えた。

若い時諫言をしてくれた、かけがえのない親友に、久しぶりに出会えたような、そんな気分にさせてくれるこの作品との出会いになった。

二郷半二
大手総合商社、大手重工メーカーを退職後、貿易会社を経営しながら複数の一部上場企業及び海外官庁のコンサルタントを兼任する。
海外生活はカナダでの社会人生活を含め、ヨーロッパ及びアジア五か国以上での豊富な生活体験を有する。
2008 年以降は仕事をコンサルタント及び現地エージェントに特化し現在に至る。

著書　：

１．裏金（2015 年）国際競争入札の内幕を扱った経済小説―実話に基づく
２．修羅の大地（2016 年）国際随意契約の内幕を扱った経済小説―実体験に基づく
３．歌舞伎町四畳半ものがたり（2017 年）　実話を基にした人情小説
４．エターナルバーレーの狼（2019 年 7 月 15 日出版）　児童文学
【（社）全国学校図書館協議会「選定図書」】
５．狼犬《おおかみいぬ》・ソックス（2021 年 1 月 4 日出版）　児童文学
６．北極熊《ポーラーベアー》ホープ（2021 年 11 月 30 日出版）　児童文学
【（社）全国学校図書館協議会「選定図書」】

森の王灰色熊リーズ

2023 年 4 月 12 日　　第 1 刷発行

著　者―――二郷半二
発　行―――日本橋出版
〒 103-0023　東京都中央区日本橋本町 2-3-15
https://nihonbashi-pub.co.jp/
電話／ 03-6273-2638
発　売―――星雲社（共同出版社・流通責任出版社）
〒 112-0005　東京都文京区水道 1-3-30
電話／ 03-3868-3275

ISBN 978-4-434-31817-7